河出文庫

夢も見ずに眠った。

絲山秋子

kawade bunko

河出書房新社

目次

夢も見ずに眠った。

1 晴れの国

二〇一〇年九月

岡山県
岡山市ほか

1

倉敷で乗客はごっそり下りてしまった。そのなかには乗り換えてからの僅《わず》かな間にへそを曲げてしまった妻の沙和子《さわこ》もいた。

急に機嫌が悪くなるんだもんなあ

山陽本線のボックス席に布施《ふせ》高之《たかゆき》は取り残された。斜め前の席に乗り合わせて一部始終を見ていた青年は、気まずそうに厚い本を開いて読み始めた。本の天にあたる部分に「松山市立図書館」と赤字のスタンプが押してある。

松山、高松じゃなくて松山。

頭のなかで位置関係を確認した高之は、かれは帰るところなのか、と思った。福山か尾《おの》道《みち》まで行くのか、もっと先なのか、どこで乗り換えることになるのかはぴんと来なかった。

瀬戸内海を渡る方法を路線アプリで確かめたくなったが岡山駅の時点でスマホの電池残量が35パーセントを割っていたので諦《あきら》めた。新幹線に乗っている間に充電しておけばよかったのだ。この電車にコンセントは見あたらない。

しかし初日からケンカになるとは

俺がまた余計なこと言っちまったんだろうなあ

未だ問題の全貌《ぜんぼう》は把握《はあく》できていなかったが、目を上げた高之は、頭上の網棚に妻のボストンバッグが残されたままになっているのを見つけて声を上げそうになった。一緒に下りていたら大変なことになっていた。

怒りにまかせて行動するからこんなことになるんだよ。まったく

かれはＬＩＮＥで妻に伝えた。

〈鞄《かばん》、忘れてたよ。俺が持っとくから大丈夫。またあとで連絡します〉

そのまま画面を見ていたが既読がつかないので、かれは諦めてスマホの電源を切った。

岡山に来たのは、寛《かん》ちゃんの結婚式以来である。寛ちゃんは学生時代の共通の友人だった。あのときは沙和子も今よりずっと忙しかったから、一泊して翌朝帰っただけでさしたる印象は残っていない。大学卒業後、地元で就職した寛ちゃんは、実家の敷地に新居を建てた。庭でバーベキューでもなんでもできる、離島に遊びに行くのも楽しい、気候もいいし魚も旨《うま》いから遊びに来い、と言われていたのだが、寛ちゃんのところにはその後、娘が

二人生まれたので、先延ばしにしているうちに何年も経ってしまった。高之と沙和子の間には子供がいなかった。

あまり好きな言葉ではないのだが、沙和子が「やっと激務から解放された」（つまり少し出世した、という意味である）のは最近のことである。二人での旅行というのも随分《ずいぶん》久しぶりになる。

寛ちゃんはしきりに、家に泊まってもらえなくて申し訳ない、と言ったがかれらにとってはホテル泊の方が気楽だった。せっかくだから土日に有休をつけて二泊三日で行こうと言い出したのは沙和子である。もちろん高之に断る理由などなかった。

それなのに初日から。気が短いんだからなあ

熊谷《くまがや》駅から東京方面への新幹線始発は六時三十七分だった。指定席に落ち着いてから、切符をしげしげと眺めていた沙和子が驚いたように言った。

「岡山って午前中に着くのね？」

「そうだよ。書いてあるじゃないか」

切符を手配した高之は、なにを今更と思う。

東京着が七時十六分、三十分発の博多行きののぞみに乗り換えれば十時五十五分には岡山に着く。昼食は倉敷、と言ってあったはずなんだが。

「思ったより近いんだね」

「近くは、ないけれど」

　クルマで行くには少々遠いのだ。現地での足がないことを高之は気にしたが、寛ちゃんも別に問題ないよ、と言ったので新幹線を手配した。

「お昼前に中国地方にいるなんて」

沙和子は繰り返した。よほど不思議に思えるらしかった。大阪から岡山まで三十分程度というのが感覚的にのみこめないのだろう。関東に生まれ育ったかれらにとって、大阪までの旅をイメージするのはたやすいが、神戸より先というと急に遠くなる感じがするのである。

二人は東京駅で東海道新幹線に乗り換えるときに買ったサンドウィッチを食べた。それから高之は上越や北陸新幹線にはない喫煙ルームにいそいそと出入りしたり、スマホをいじったりしていた。ガイドブックを広げていた沙和子は、静岡を過ぎてから少し眠った。名古屋を出てから車内販売のコーヒーを買って飲み、倉敷で行く場所や、ガイドブックに出ていた岡山のB級グルメなどについて喋った。そうやって、なんの問題もなく来たのだ。

岡山駅は、大宮駅や上野駅のように大きかった。伯備《はくび》線、吉備《きび》線、赤穂《あこう》線といった路線名も珍しく思えたし、ホームに下りれば向かい側に見たことがない型のディーゼル特急が停車していた。

山陽本線は総武線よりも少し沈んだ色の黄色の車両で、入ってきた電車は広島県の三原行きだった。妻は「栗きんとんみたいな電車ね」とまわりに聞こえない程度の声で感想を述べた。

問題は、かれが行き先を変えたことだった。

計画段階で気がついていなかったのはたしかに自分の落ち度だ。それに尽きるのだろう。路線図を見ていたかれは、「笠岡《かさおか》」という駅名を発見して、これは！ と思ったのだ。

「笠岡って、岡山だったんだな」

そう言うと、隣に座った沙和子は怪訝《けげん》そうな顔をした。

「笠岡って駅があるんだ。倉敷より広島県寄りに」

我ながらよく見つけた、行かない手はない。高之は嬉しくなってきた。

「なにがあるの？　その、笠岡って？」

「カブトガニ博物館」

「カブトガニって、動物の？」

「そうだよ。言わなかったっけ？　俺カブトガニは詳《くわ》しいよ。中学のときに『瀬戸内のカブトガニ』って本読んでさ。笠岡に博物館あるのは知ってたんだけど、いまいち場所がピンと来なかったんだよね」

みるみる妻の表情が曇ってきたので高之はあわてた。

「ついでっていうか。まあ乗り越しになるけど先に笠岡行ってから倉敷にしない？　天然記念物を旅先で知るっていいいと思うよ」

「私、行かないから」

ぴしゃりと言われた。

「でも同じ路線だしさ。滅多《めった》に来られないんだから」

「だって倉敷の予定でしょ？　どうして？」

高之はそこでやっと気がついたのである。

沙和子がこのモードに入ると、なかなかに厄介なのだ。しかしそれがどうしてなのかはわからない。つき合って十年以上経った今でもどこで彼女の拒絶スイッチが入るのかがわからない。

「うーん、じゃああとで倉敷で合流するっていうんで、どう？　俺だけ笠岡見て来るよ」

「なんで土壇場になって変えるの！」

強い声に、まわりの乗客が驚いてこちらを見た。

「高さんがそういうことを言い出すときって、ろくなことにならないじゃない」

「そうかな」

好奇の目と耳がこちらに向けられているのを感じて、高之はますますいたたまれない気持ちになる。そのタイミングで、次は倉敷、という車掌のアナウンスを聞いた。

「円形分水だの古墳だの……いつもそうじゃない」

岡山には古墳もたくさんあるんだった、と思ったが、さすがに触れてはいけないことはわかった。

「俺はまるいものが好きなんだよ」

かれは言った。

「子供みたいなこと言わないで」

「沙和子だってまるいじゃないか」

ああわかった。これだ。これが悪かったのだ。

悪気はなかったし、沙和子は太ってはいない。それに俺はまるいものが好きだと言っているのに、妻は体型に繋《つな》がりそうな言葉を発すれば例外なく機嫌を損ねるのだった。

電車は減速していた。沙和子は川を渡る鉄橋の音が響いている間だけ高之を睨《にら》みつけ、そして一言も発さずに倉敷駅で下りてしまった。それが、岡山で乗車してから二十分足らずの間に起きた出来事だった。

高之は車窓に目をやった。

山陽本線から瀬戸内海が見えないのは少々意外だったが、穏やかな農村風景には適度に変化があり、立派な構えの農家も見えた。かなりの築年数なのだろう。新幹線だったら景色を眺め続けるのは疲れるが、この速度ならちょうどいいと感じた。

やがてかれは思った。

険悪な雰囲気のまま倉敷観光するよりもそれぞれが好きなものを優先した方がいい、頭も冷えるし、どうせ明後日までずっと一緒にいるんだから。

笠岡に着いたのは昼前だった。

網棚に妻が忘れたヴィトンのボストンバッグは重かった。かれの荷物はデイパック一つである。電車を下りると、駅のホームには博物館の案内が出ており、ガラスケースにカブトガニの標本が二体ほど展示されていた。

かつては網にかかって漁の邪魔《じやま》になると憎まれたり、畑の肥《こ》やしにされたのである。なによりも干拓《かんたく》と海の汚染で数を減らしていったカブトガニ受難の歴史を本で読んでいた高之は、今はちゃんと保護されているのだ、と実感する。

小さないさかいのことなどすっかり忘れて改札を出た。

駅前の小さなロータリーにはバスが停まっていた。エンジンがかかっていたのですぐに乗り込んで、それから駅前のドコモショップの看板を見つけた。それでスマホの充電のことを思い出したが十二時発のバスを逃すと次は午後四時まで便がないのである。

充電は、諦めた。

バスは重たそうに震えながら発車し、駅前ロータリーを出た。

商店街には「カブニ通り」という看板が掲げてある。「カブニ」というのも、もちろんカブトガニのことだ。海はまだ見えてこないが、外壁が黒っぽく煤《すす》けた古い商家やレンガ造りの倉庫が立ち並ぶ様はなかなか風情《ふぜい》があって古くからの港町なのだ、ということがわかる。

信号待ちで目の前を右折していくトラックには「つりえさ」と赤い大きな字で書いてあ

った。倉庫の敷地の隅では若くてまだ青い無花果《いちじく》の実が揺れていた。少し風が出てきたようである。

天気はもつのだろうか。

跨線橋《こせんきょう》を渡ったバスは駅の南側に出て、港に沿って少し走ったが、あっという間にトンネルに入った。ルートは複雑で、下手に歩こうとしなくて良かったとかれは思った。もっと小さな町かと思っていたが意外に広いのである。かれが育ったのとよく似た団地や住宅街を抜けて、ショッピングモールのようなところにもバスは停車した。ここは平地である。干拓された新しい土地なのだろうか。どこまでが元からの土地で、どこからが干拓地なのだろうか。景色は不連続なのかそれとも境目がわからないほど馴染《なじ》んでしまっているのか。内陸に住むかれには興味深いことだった。

やがてバスは公園の入り口で停まった。高之のほかには、やはり博物館に行くらしいカップルがバスを下りた。どちらが言い出したのかはわからないが、理解のあるパートナーで羨《うらや》ましいと思った。

大きな恐竜のレプリカは眺めるだけにして、かれは足早に公園を横切った。博物館に入るときは心が躍《おど》るようだった。なにしろ生体を見られる場所は滅多にない。かれにとっては初めてのことである。「笠岡市立カブトガニ博物館」の金色の文字の写真を撮りたくなったほどだった。

ドーム型の展示室には螺旋《らせん》状の順路があったがかれはまっすぐ大水槽の方に歩いて行った。

「大水槽」という名は、他の水族館と比べたら大げさな名前かもしれないが、そんなことより生きた成体を早く見たかった。

高之が驚いたのは、大潮の夜でもないのにしっかりとメス・オスの番《つがい》が繋がっていることだった。自然の状態では離れて暮らすのが一般的だが、安全な水槽のなかでは一年中メスとオスがくっついているのだという。全部で五組くらいだろうか。砂にもぐって見えないものもいるのかもしれないが、全個体に認識番号のタグがつけられている。前がメスで後ろにつかまっているのがオスである。メスの方が大きいが、どこへ行くかを決める司令塔はオスだと水槽の脇の説明に書いてあった。

後輪駆動なんだな、とかれは思った。

ゆっくりと砂や仲間の背中の上を這《は》うように動いているものもいれば、しっかりとくっついたままで背泳しているものもいた。思っていたよりずっと活動的であり、実にユニークで愉快だった。日本のカブトガニは殆《ほとん》どオスとメスが一つがいになっているが、アメリカではメスよりもオスの方が多くて「波打ち際が大混乱になります」と書いてあるのもほほえましい。アコーディオンのような鰓脚《さいきゃく》を動かして泳ぐ姿は、生き物というよりもメカっぽい。沙和子に見せたら「グロい」などと決めつけられてしまうのかもしれないな。であれば、一人で来てよかったのだ。かれはそう納得した。

少し落ち着いたのでかれは順路に沿って見学することにした。

「二億年もの間進化していない」というカブトガニのキャッチフレーズは、少しネガティブにも感じる。それは生物学的な進化という言葉よりも、日常で使われる比喩としてのそれに（進歩と進化はしばしば混同されるのだ）かれが慣れてしまっているからかもしれない。進化する必要がないほど理にかなっていて、独特な形態だが適応できていた。ここ数十年間だけが例外だったのだ。

カブトガニの分布は北アメリカ東海岸（つまりニューヨークやボストンの方ってことだ、とかれは思う）と、日本を含むアジアの東南海域である。そのように生息域が全く違う地域に分断されていることを「不連続分布」という。マナティーやジュゴンなどもそれに類する分布らしいが、カブトガニほど極端ではないそうだ。高之は、パネルに笠岡の市街地で思ったのと同じ言葉を発見して嬉しくなった。

カブトガニの特徴は数多くある。医療の分野で注目されている「青い血」というのが有名だが、これは血漿《けっしょう》のなかのヘモシアニンに銅が多く含まれているから、空気に触れたときに青くなるのだということまでは知らなかった。薬剤の研究開発のために、カブトガニは回復できる範囲で「献血」をしているのだという。

発生と成長段階も独特なものである。なにしろ、卵のなかで四回も脱皮するのである。卵のなかでは幼生が回転運動をする。これもなんとも言えず愛らしいものだ。やがて小さな、しかし見紛《みまが》うこともなくカブトガニそのものの形でかれらは海に出る。それから成体、つまり大人になるまで十年もかかる。雌雄《しゆう》の判断がつくのは成体になってからだという。カブトガニ自身は性差をどう自覚しているのだろう。かれはいつもこのあたりで、擬人化の誘惑を断ち切れなくなるのだ。系統としては蜘蛛《くも》や蠍《さそり》に近いというのに、なぜカブトガニだけがそういう感情をかきたてるのか、単に珍しい生態だから、ということでは説明できないのである。

　生態ではさらに謎が残っている。
冬はどこにいるのかわからないのだ。
おそらく深い場所にいるのだろう、といわれているがデータはとれていない。底引き網にも冬期はかからない。

　冬はどこにいるかわからない
自由だなあ、雲助だなあ
高之は羨ましくなるのだった。

　高之にとっての最大の関心は、カブトガニの「目」にあった。大きな一対の複眼と、正中眼と呼ばれる単眼がある。前に読んだ新書には腹側にも目のようなものがある、と書いてあった。

　ともあれそれだけの「目」を持っていて、一体どういう画像が知覚されるのだろう。どう意思決定に反映されるのだろう。

複数のテレビカメラがスタジオで忙しく切り替わる様子をかれは想像する。あるいは宇宙船が遠い地球をとらえたり、目標である星の地形をとらえたりするようなイメージも浮かんでくる。そこにはなんの科学的根拠もない。ただ好奇心があるだけで、あとはでたらめである。

そのでたらめが、楽しいのだ。

カブトガニはそういった意味で、文系のかれにとって自由度の高い生物である。

標本や歴史、子供向けのようで意外に難しいクイズまで挑戦し、一通り展示を見終えると三時近くになっていた。

かれは再び大水槽の前に立った。

オスがメスを懸命に押して産卵に協力する姿から、国内のもうひとつの生息地として有名な伊万里《いまり》では夫婦円満の象徴と言われている。

夫婦円満か……。

かれは倉敷の観光地をハンドバッグひとつで歩いている沙和子の姿を思った。

「すみません、バスは」

紺のジャケットを着た受付の女性に聞くと、四時台までないという。一時間以上もここで待つわけにはいかない。

「タクシーをお呼びすることもできますよ」

ぐっと重たい沙和子のバッグが気になるが、あっちが歩いているのに自分だけタクシーに乗るというのも気が引けた。

「別の路線とかはないんですか」

かれは聞いた。

「少し歩きますが、バスセンターまで行かれたらここよりは本数があります」

彼女はそう言って、勾配《こうばい》の少ない海沿いの道を教えてくれた。

かれは再び、デイパックを背負いボストンバッグを持って外に出た。そしてカブトガニの産卵地でもある浜沿いから漁港の方へと歩いて行った。堤防のあちこちに釣りをするひとがいる。年配者だけではなく、女性同士で来ている釣り人もいた。

パチンコに行くくらいの気楽さなんだろうなあ
道の内側は崖になっていた。近道を選ばなくて幸いだったと思う。

昼食を食べ損ねた高之は空腹を感じたが、地元のラーメン屋は観光客には少々入りにくい気がした。笠岡か倉敷の駅で食べた方がいいだろう、と思った。

あいつちゃんとメシ食ったかな。

やがて道は住宅街、というより驚くほどの大豪邸が並ぶ邸宅街に入っていった。ここは明らかに埋め立て地だろう。しかしどんな生業《なりわい》のひとがこれほどの邸宅に住んでいるのだろうか。別荘かなにかだろうか。

道は間違えていないのだが、バスセンターは思いの外遠《ほか》かった。喉《のど》が渇《かわ》いたがコンビニも自販機も見あたらない。

完全な車社会だな、と思う。

もちろん熊谷だってそうなんだけど。

それにしても鞄が重い。いったい何が入っているんだろう。かれは立ち止まって鞄を一旦置くと汗を拭《ぬぐ》った。それから、ワインの瓶だとわかった。俺が持つよと言ったのに、寛ちゃんへの土産の限定もののワインの瓶をあいつは鞄にしまい込んでいたのだった。

まあ結果的に俺が持っているわけだけど。

生暖かい風が吹き付けてきた。

山から海沿いにかけて見えている空は、濃い灰色の雲に覆われていた。

美《み》の浜《はま》のバスセンターは小さいが真新しいガラス張りの建物で、待合室のきれいな色の椅子に腰を下ろした高之は清潔な水槽に入った魚の気分になった。

ものの五分も経たないうちに雨が降り始めた。

気分は魚でも雨に濡れたくはない高之は、自販機で買ったお茶を飲みながら助かった、と思う。傘もなく、着替えといってもシャツしか持ってきていないからである。

笠岡駅行きの時刻表はやけにすっきりしていた。時計を見ると、かれが歩いている間に前の便が行ってしまったらしい。次のバスまで五十分ほどの待ち時間だった。雨が降っていなければ駅まで歩いたかもしれないと思う。

こんなときこそスマホが暇つぶしになるわけなんだが。

いや、ここで充電だ。

かれは充電用のコンセントをデイパックから出すと、案内所のガラス越しに、電源お借りしていいですか、と声をかけた。コードをぶらさげたかれの仕草がすぐ通じたらしく女性職員の会釈《えしやく》が返ってくる。

充電を始めると、かれは外に出て灰皿の脇でタバコを吸った。雨は激しさを増し、吹き降りになっている。面白いのはバスの行き先の電光掲示が「すみません回送中です」という文章になっていることである。最初は、丁寧だな、と思ったが、次々バスセンターに入って来るバスが軒並み「すみません」「すみません」と掲げているのを見て、だんだんありがたみは失せてきた。運行中のバスよりも回送のバスの方が多いような気もしてくる。

倉敷も雨だろうか。

沙和子はどこかで雨宿りしているだろうか。

遅いと思われてるだろうなあ、まだ怒ってるのかな、駅から何時になるのか連絡しなくちゃな。

バスはなかなか来ない。妻も何も言っては来ない。

　だが、かれはこういった旅の不便みたいなものが嫌いではなかった。あれはどこに行くときだったたか、山梨か長野か忘れたが、結婚する前のドライブでお金がなかったことがあった。今と違ってコンビニでは下ろせなかったのか、それともコンビニそのものが見つからなかったのかは忘れてしまった。ないならないで、なんとかなるもんだが、そういうときに限ってガソリンも残り僅《わず》かで、スタンドも見つからないのである。沙和子は財布を忘れ、高之の財布には千円札しか入ってなかった。お互い抜けてるなあ、と笑ったものだ。あれはあれで、なかなかスリリングだった。


　電話が鳴っていた。寛ちゃんからだった。

「どう、着いた？」

「ああ。今笠岡にいるよ」

「笠岡ぁ？」

　寛ちゃんは大きな声を出した。

「カブトガニ博物館にさ。で、帰りのバスが来なくて待ってるとこ」

「布施さんも？」

「いや今日は別行動、このあと合流するけど」

　今や俺も布施さんなのだな、と高之は遅れて思う。

「明日、大丈夫？」

「あ、よろしくお願いします。昼でいいんだよな」

「うん十二時とかそのくらいで。北長瀬な。岡山から一駅」

「トンヤマチって、近いんだっけ。カミさんがガイド見てオシャレなとこらしいって」

「トイヤチョウ、な。まあ、最近だよ」

寛ちゃんはそう言って笑った。


電話を切って再び充電する。80パーセントくらいのときはフル充電までさほどかからないが、30パーセントを切ってからだとやけに長い気がする。外にいるからそう感じるのだろうか。そうこうしているうちにバスがやって来た。

待ち時間は長かったが、乗ってしまえば駅前まではあっという間だった。山陽本線はあまり待たずに済んだ。

一人だったら笠岡駅の近辺ももっと歩いてみたかった。

だが、もうすぐ日が暮れてしまう。

倉敷に着いたら、今度はカミさんをしっかりつかまえてやろうと高之は思った。まだ仏頂面をしているのかもしれないが、それでもちゃんと後ろからつかまえてやろう。あっちが前にいるのならあまり勝手な思いつきで動くこともできないかもしれないが。しかし、とにかくもう旅先での別行動はやめよう、とかれは決意した。

それまではこのバッグをしっかり摑《つか》んでいるのだ。

2

荷物は俺が持っているというメッセージは画面通知で見た。わざわざアプリを開かなくてもそれで事足りた。

ぞろぞろ歩く人々について商店街を抜け、沙和子は倉敷の美観地区を歩いた。ハンドバッグひとつの姿はツアーの一員のように見えるかもしれない、と彼女は思う。だが、ケンカの後の観光はちっとも、楽しくないのだ。

美観地区で必ず行きたいと思っていた林源十郎商店に並ぶ感じのいい雑貨にも、まるで食指が動かなかった。笑顔で足を止める客の間をすり抜けるように売り場を一周して、彼女は店を出た。目的地の大原美術館の前まで来たが、まわりがざわざわしているような気がして、チケット売り場に並んでから引き返した。アイビースクエアは通過した。

石畳の道ではガイドの説明のもとに人だまりが出来ていて、至る所で手拭いだのTシャツだの岡山名物のデニムだのといった和洋折衷《せっちゅう》の商品が売られていた。

人混みというほどでもないのに、やけにひとが邪魔に感じる。そのうちに頭がずきずき痛くなってきて、ソフトクリームを買って食べていたら泣きそうになってしまった。だがいい年をした女が観光地の店先で泣いているのはあまりにも醜悪であると思い、こらえた。

沙和子はバス通りに出て駅の方に戻り始めた。観光バスが目立つというだけで、そのほかはごくふつうにひとが住んでいる地方都市だった。途中、図書館の外のベンチで一度休んだが頭痛は治まらなかった。彼女は立ち上がり、のろのろと駅まで歩いた。駅の方から大きな音が響いてきた。近づいて見ると白い服を着た女の子が政治の歌を歌っていて、余計につらい気持ちになった。だが何がつらいのかは自分でもわからなかった。沙和子は小銭入れを手に切符売り場に並び、岡山までの乗車券を買った。たった一人で列に並んでいる気がして、また涙ぐみそうになった。

岡山駅の改札を出た沙和子は、昼食をとっていないことを思い出して、駅ビルのさんすて岡山に入った。パン屋や土産物屋の並んだ奥に「山田村」というおむすびの専門店があった。さっきまでとてもそんな気分にはなれなかったのに、のどかなロゴも、とぼけたおむすびの絵も童話のなかから抜け出してきたようで、きちんと並んでいる商品も「ころりん」と言い出しそうな気がする。そこでさんまの南蛮漬けのおかずがついたセットを注文した。昔の卵のような紙のパッケージもほのぼのしていて、お喋りに夢中な女子高生たちの隣に席を取ることにも抵抗を感じなかった。

そう、多分問題はすべて「抵抗」なのだ。

あたたかい鮭玄米のおむすびを頬張りながら沙和子は思う。いったいどれだけの「抵抗」が自分のなかに存在していて、いつどんなはずみで顔を出すのかわからない。一旦それにとらわれてしまうと、なかなか抜けられないのだ。

とりあえず場所を換えたのは間違いではなかったようだ。ひとの数は倉敷の美観地区よりも岡山駅構内の方がずっと多い。違いは目的が観光か、生活かということだろう。倉敷が悪いわけではないことは十分わかっているのだ。

夫と別れて電車から下りたときに既に悪いモードは始まっていたのだ。「抵抗」まみれになっていたのだ。そしてそれが、どこにでもあるようなフードコートと素朴なおむすびでいつのまにか紛れた。

東口の長いエスカレーターを下りると、銀色の屋根のついた新しいバスターミナルがあった。市内や近郊のほかに、新岡山港と駅を繋ぐ路線もあって、小豆島《しょうどしま》や高松などと書かれている。長距離バスの案内も出ていた。目の前には岡山空港の広告も出ている。港があるのは海があるから当然として、空港があることは知らなかった。埼玉に空港はないので、羽田を使うときには行くまでが面倒なのである。どうやらありとあらゆる交通機関がここにはあるらしい。ＪＲでも鳥取や米子《よなご》方面への特急を見たし、瀬戸大橋線の電車も通っている。どこにでも行けます、と言われているような気がしてくるのである。ないのは地下鉄とモノレールくらいではないか。路面電車があるのは寛ちゃんの結婚式で来たときから知っていたが、あのときは駅はまだこんなに整備されていなかった。遠くに来た、という意識でいたが、ここは随分便利な場所なのだ。

だが、岡山のひとがさまざまな交通機関を使って各地を渡り歩いてる、というイメージはない。寛ちゃんと宏子さんだって「岡山は気候もいいし、災害も少ない」と言うばかりで、旅行の話はあまりしない。香川か、瀬戸内の範囲のことくらいしか聞いたことがない。ここから地元のひとが出発するわけではなく、各地のひとが経由していく仕組みなのだろうか。

バスターミナルの外には以前と変わらぬ市電の電停があった。岡山城や後楽園には市電で行くのだ。行きの新幹線で見たガイドブックと実際の街の姿が、まだよく繋がっていない。そもそも岡山とはどのくらいの広さと規模の都市なのか。

山陽本線を下りたときには、時間を繰り上げてチェックインして、着たきりでもなんでもいいからホテルの部屋で横になりたいと思っていたが、おむすびを食べて元気が出たのか、沙和子は市電に乗ってみたくなった。どこか気になった場所があれば下りてまた引き返してくればいい。

あれほど急なプラン変更は嫌だと思っていたのに、自分のことになると勝手なものである。でも、私が高さんに迷惑かけてるわけじゃないし、と沙和子は思った。

市電には改札がない。切符売り場もない。

電停に並んでいた年配の女性に「すみません、電車って後払いですか？」と聞くと、「そうですよ。下りるときに払えばいいんです」と返ってきた。関西弁や広島弁のような言葉が返ってくるかと思っていたが、標準語だった。「どこまで行くんですか」などと聞かれることもなかった。

市電がやってきて反対方向からの乗客を下ろすと、運転士が行き先表示とミラーの位置を直した。それから車両の後ろから前に移動して、運転席に座るとドアを開けた。

市電には学生から老人までさまざまな客が乗り込んだ。倉敷と違って岡山では地元のひとと観光客の区別がしづらい。このなかにも瀬戸内海の島々や四国から来たひともいるのかもしれない。普段着なのかよそ行きなのか、わからない。そういう自分自身も、電車に鞄を忘れてきたので軽装である。

市電は大通りの中央をゆっくりと進んだ。電停にも、線路沿いにも柵がないから、街と隔てがないように思った。視点はバスよりも低く、乗用車よりは高い。どこで下りていいかわからなかったので、乗客の多くが席を立った電停で、沙和子も運賃を支払って下りた。駅からずっと都市の眺めは続いていたが、このあたりが繁華街なのだろう。ビルの間の道がアーケードになっていた。


アーケードのなかは静かで、懐かしい感じがした。八百屋があり、金物屋があり、文房具店も小さな書店も、ショーウィンドウに金色の管楽器が並ぶ楽器店もある。あちこちに自転車置き場もある。

懐かしいけれど、今の日本にどれだけこんな商店街が残っていることだろう、と思う。気持ちは確実にほぐれていた。どこかでお茶を飲もう、と思い、アーケードから一本先の通りへと足を延ばした沙和子は、角地の店舗に興味を惹《ひ》かれてなかに入った。和紙やクラフト製品を専門に扱う店だった。奥の広い台のところにいた店主と挨拶を交わし、和風の柄が入ったメモ用紙や花模様のマスキングテープを手にとって、これならちょっとしたプレゼントやお礼にちょうどいい、と思う。

「岡山産の和紙ってあるんですか?」

と訊ねると、壁にゆるやかにかけてある和紙のなかから、いくつかの手漉《す》き和紙を教えてくれた。色がついた紙もあり、繊維の流れが美しい。

「名古屋にも紙のお店、ありますよね」

お土産の分を手早く個別に包装してくれる店主に沙和子は言った。

「ええ。あります。どちらからいらしたんですか?」

その質問を、なぜか一日中待っていたような気がした。

「熊谷からなんです。埼玉の」

最近は夏の暑さで少し有名になったから名前は知られているのだろうか、とも思ったが自信がないので「埼玉」と付け加えた。

「わかります。妹が桶川《おけがわ》に嫁に行ったので」

「へえ!」

桶川という身近な地名が出てきて沙和子は嬉しくなった。

「いいですね、このお店。近所だったらしょっちゅう来ます」

「またこちらにいらっしゃるときは、ぜひ寄ってください。朝から開けてますので」

どちらから、は聞くけれど、なんのために、は聞かないのだ。一人旅か親類縁者がいるのか、服装がカジュアルだから出張には見えないだろうけれど、そしてまさか旦那とケンカをして一人で街歩きをしているとは言えないけれど。

でも、聞いてみよう。地元のひとなのだから。

「あの、うかがってもいいですか？」

「なんでしょう」

「どこか、駅前あたりで美味しいお店ってありますか？　あとで主人と合流するんですが」

「和食がいいですか？　それともレストランみたいなところ？」

「できたら和食で、岡山のお酒やお魚があるところがいいんですけれど」

店主は少し考えて、のれんの奥へと入っていった。すぐに色白の奥さんが出てきて、駅のそばなら、と居酒屋の店名とおよその位置をメモ書きにしてくれた。

「まだ、早いかしら」

「夕方四時からやってますよ」

奥さんは人なつこい笑みで言った。二人に礼を言って、包んでもらったお土産の袋を下げ、沙和子は店を出た。

気が済んだのでもうあちこち歩かず、市電の通りに戻ることにした。歩きながら、専門店の並ぶ町並みが落ち着くのはなぜだろう、と沙和子は思う。店員がプロだから安心するのだろうか。

そして、自分はああいう店が好きだが、高之が一緒に来ていたらどんなにか居心地悪そうにしたことだろう、とも思った。こまごましたものを売っている店は趣味に合わないらしい。一緒に雑貨やアクセサリーを見たのは恋人としてつき合っていた頃までで、その後高之は一緒に店に入らなくなった。スーパーやホームセンターならかれ一人で行くし、デパートやショッピングモールなら車か店の外で待っている。

市電で駅前まで引き返し、ホテルを探してチェックインしようかと思ったが、荷物もないのでやめた。駅前の広場の地図と紙屋の奥さんが書いてくれた案内を見比べて、彼女は教えられた店に向かった。大通りと並行する、さっき寄った繁華街とは別のアーケードのなかに紹介された店はあった。

〈さっき電車に乗った、今はまだ倉敷?〉

高之からのLINEが来ていた。今度は既読をつける。

〈私もう岡山市内だけど〉

〈え、そうなんだ？　よかった、倉敷で下りるとこだったよ〉

頼んだ生ビールを持ってきたのがマスターなのだろう。沙和子はメニューを広げたままで聞いた。

「岡山の食べ物でなにかおすすめってありますか？」

カジュアルなシャツにエプロンをつけ、眼鏡をかけたマスターは、

「鰆《さわら》、ですね」

と言った。

「鰆？」

「さかなへんに春、と書きますが岡山では一年中、食べます。お刺身もいいのがありますよ」

鰆なんてムニエルか味噌漬けくらいしか食べたことがない。

「あと黒板に書いてあるのが、大体おすすめです。どうされます？」

少し考えてから、

「食べ物は、連れが来てからにします」

と答えてもう一度ＬＩＮＥを立ち上げた。

〈高さんの好きそうなお店見つけたから、そこで待ってるね。岡山駅着いたら連絡して〉

〈えっもう飲んでるの？〉

〈うん♪〉

〈俺はひるめし食ってない、腹減った〉

3

「富山にそっくりだなあ、この辺は」

店に入ってくるなり、高之は言った。

「そうなの？　市電があるから？」

「ワープしたかと思ったよ。総曲輪《そうがわ》の大和《だいわ》の裏あたりにそっくりだもん」

「アーケードが？」

「うんそう。アーケードっていっても新潟タイプとか湯沢タイプとかいろいろあるけど。いやそれにしても富山に似てるわ、ここ」

そういう分類は果たして市民権を得たものなのかマニア向けのものなのか、それとも今この瞬間に高之が出まかせで決めたものなのか、沙和子にはわからない。

「お酒？」

「うん」

「じゃあ私も。味がわかるうちに美味しいの頼んでいいよね？」

「いいよ」

いいよ、というのは高之が自分の財布から出す、という意味らしい。沙和子は短冊《たんざく》にあった室町時代という地酒と、鰆の刺身と黄ニラの煮浸し、それにタコの唐揚げを頼んだ。

「どうだった倉敷」

「頭痛くなったから、ホテルで寝ようと思って戻ってきたの」

「あれ、大丈夫？」

「岡山まで来たら落ち着いたから。商店街歩いたりしてた」

そうだったんだ、と言ってから高之は盛《も》りこぼしの日本酒のコップを一口すすって、

「あ。旨い」

と言った。沙和子も同じように酒を口に含んで、頷《うなず》いた。

高之はタバコに火をつけると、

「それは俺が悪かったなあ」

と言った。

「パニックになっちゃうんだよね。予想外のところで急な予定変更されると。頭がついて行けなくて。悲しくて泣きそうになった」

「たしかにいつも言ってるよなあ。でも沙和子なら一人でも倉敷で楽しめると思ったから」

「最初から一人で来れば楽しめるよ。でも、二人で来たのに急に一人にされたら悲しいし、憤慨するよ。臨機応変に楽しめない自分が嫌になるし」

「ごめんな。考えなしで」

「うん、でも自分の問題でもあるから」

多分そこなのだ。自分のことが嫌いになるきっかけを、予想外のハプニングによって与えられることに「抵抗」が生まれるのだ。何年もかけてやっと自分のことを認められるようになったのに、いともたやすく「それ」が壊れてしまいそうになる。だから必死で抵抗するのだ。だが高之は深くは考えていないようだった。

「明日も俺が鞄持つよ。あんな重いと思わなかった」

「もういいから。鰆食べようよ」

「鰆ってこんな時季でもあるんだ？」

「年中食べるんだって、岡山では」

聞いたままのことを言った。

「やっぱりこういう店とかは、俺より沙和子の方がずっと鼻が利くんだよな」

「そんなこともないけど」

紹介で来たとも言わなかった。マスターがにこにこしながら見ている。

「こっちはずっと晴れてた？」

「え？　晴れてたよ」

「俺は通り雨に遭《あ》った。バスセンターで雨宿りしてたけど」

「罰《ばち》が当たったんじゃない」

沙和子は笑ったが、嫌みな気持ちからではなかった。

「そうかもしれない」

「晴れの国なのにねえ」

「はれのくに？」

するとマスターが言った。

「岡山は晴れの国、と言いますが、実際には言うほどでもなくて、日照時間は全国十四位とかなんですよ」

晴れの国なのにアーケードはあちこちにあるのだ。よほど雨に濡れることを嫌うのだろうか？　でも、穏やかな土地という意味でイメージは合っているように沙和子は思う。

鰆の刺身は身が厚く、豊かに広がっていくような味がした。


「なんだかうちを出たのが三日も四日も前みたいだな」

と高之が言った。沙和子も同じことを考えていた。

「寛ちゃんに連絡した？」

「した」

「よかった。明日って何時だったたっけ、夕方？」

「昼だよ。昼に北長瀬の駅まで迎えに来てくれるって」

予定変更が嫌だと強く言うけれど、沙和子の頭のなかにきちんとスケジュールが入っているわけでもないのである。かなりそのあたりはアバウトなのだ。

「午前中どうする？」

「後楽園とか岡山城行ってもいいよ。でも、のんびりしても、どっちでも」

「うん。今朝早かったもんね」

沙和子は黄ニラを高之の小皿にとりわけながら言った。

「さっき入ってきたとき富山に似てるって言ってたよね」

「うん。このアーケードの感じはね、似てるよ」

「私、街をぶらぶらしてたときにね」

「うん」

「商店街とかはすごく懐かしいっていうか、昔来たことあるような感じがするんだけれど、でも別の道歩いたら知らない名前の銀行ばっかりずらずら並んでて、ちょっと驚いた」

「ああ。そうかもなあ。九州とか行ってもそういうのあるな」

「私どこにいるんだろ、って思ったの。自分がどこにいるのか忘れるって変だよね」

「安心してたのかもな。だけどそんなに気に入ったの？　岡山」

「別に外国とかみたいにすてきって感じじゃないけど、でも自分が住んでてもおかしくないかもって思った」

「寛ちゃんは、めちゃくちゃ保守的だって言ってたぞ。東京の方が気楽だって」

「そうかもね。でも岡山のひとって甘えられるのは平気だけど自分たちが甘えるのは下手かも、って言ってた」

「え、あいつが？」

「そうよ」

「いつ、そんなこと言ったの?」

高之は少し警戒しながら聞いた。

「学生のときだってば」

「よくそんなの覚えてるなあ」

「本人は覚えてないかも」

沙和子は笑った。

店を出ると沙和子は、

「ホテルどっちだっけ」

と言った。けっこう酔っているのか、と高之は思った。考えてみたら彼女はまだチェックインもしていないのだった。

「すぐだよ」

高之が歩き出すと沙和子は腕をからませてきた。少し驚いたが、そのまま腕を組んで歩いた。

「ねえ、もんげーってなんだかわかる?」

「もんげえ?」

「すごいって意味。ぼっけぇも、でーれーも同じなんだって」

そう言えばさっき、岡山駅の前で「もんげー岡山」という垂れ幕を見た。かれは、てっきりイベントかなにかの名前だと思っていた。

「なんで三種類もあるんだろうな」

「わかんないけど、でも。旅行っていつもと違うこと考えるから楽しいよね」

「もんげー楽しい？」

「うん」

高之は組んでいた腕をほどくと、沙和子の手を強く握った。そして彼女が寝言で「もんげー」と言ったら俺は絶対笑うだろうな、と思った。

2　メソポタミアの娘

二〇一一年十一月

1

札幌への異動の内示があったとき、沙和子は躊躇《ちゅうちょ》せずにそれを受けた。いつかは来ることだった。大阪か、福岡、そして札幌あたりで二年。それが終われば殆どの場合、また本社に戻ってくる。むしろ遅すぎたくらいだ。

異動というものは大概、ライフプランの裏をかくような形でめぐって来るものだ。結婚して一年、もしもその間に子供が出来ていたらまた違う選択肢を考えたかもしれない。三十六歳からの二年間というのは、出産を考えると厳しい。本社に戻ってきてからならともかく、札幌での二年の間に産休というのは考えられない。この時代になってもなお、働きながら子供を生み育てることを考えるのは難しいのだった。

夫の高之は転勤に賛成するだろう。そもそも自分の稼ぎがなければ成り立たないのだから。なんのために婿養子を取ったのかと言うのは、敷地内で同居している両親だけだ。だが、親に反発するのは、これが最後のチャンスかもしれない、と沙和子は思った。

「俺は行かないよ」

高之は言った。

「お義父さんお義母さんのこともあるし、やっと仕事が見つかったのにそっちについて行ってまた就職活動じゃ、どうしようもない」

「親なんか元気だからいいけど、仕事は、そうだよね」

やはりそう言うだろうと沙和子は思っていた。

高之は都内の学校事務の仕事を辞めてからずっとアルバイトで生きて来たのだった。結婚してこちらに来てから、漸《ようや》く児童福祉関係で非正規の仕事が決まり、働き始めたばかりだった。

「私だけで行くことになってもいいの？」

「別に遊びに行くわけじゃないんだから仕方ないよ。まあ俺なら北海道は遊びで行きたいけど」

これが逆だったら、高之はどう思ったのだろう。私が仕事のためについていけないから単身赴任、ということだったら。まだ結婚して一年しか経っていないというのに、一緒に暮らせないし子供も出来にくくなる、そう言ったらやはり不都合だと思うのではないだろうか。

「二年経ったら三十八だよ」

「そりゃそうだ。でも二年だろ。外国じゃないんだから行き来はできるわけだし」

独身であれば、ましてや一人暮らしをしていれば、女性社員の転勤など珍しいことでもなんでもない。内示から異動まで、慌ただしく過ごす間に「よく出来た婿殿」は、家から一歩も出たことがない娘の単身赴任の説得に勤《いそ》しみ、手際よく引っ越しの手筈《てはず》まで整えてしまった。

2

引っ越しの荷物を送り出して、その夜の便で沙和子は出発することになった。羽田まで電車で行くと言ったのに、高之は「俺も帰りに中延《なかのぶ》に寄りたいから」と言って車を出した。かれは実家のことを「品川」とは言わず、常に「中延」と言った。わかりにくい地名だったし、彼女が考えていたようないわゆる都会のイメージとは違う、庶民的な街だった。たしかに、羽田から遠くはない。

「中延に行くんだったら私もお義母さまに挨拶したいのに」

沙和子は言ったが、時間もないいし、今度帰って来たときでいいだろ、と流されてしまった。

関越道はいつも通りの交通量で、特に急ぐ必要もなかった。外環道から首都高にかけては多少の渋滞があった。この程度で済んでよかった、とハンドルを握った高之は思う。実家に帰るときは電車の方が楽だったから、それほど首都高を走り慣れているわけではなかった。

「函館って札幌からどのくらい？」

高之にとって北海道は、かねてから放浪したいと思っていた場所だった。拠点としてそこに沙和子がいるのは悪いことではなかった。長期休暇さえ取れればの話だが現実は連休すら難しい。

沙和子は浮かない顔のまま答えた。

「三百キロ以上あるよ函館は。東京から新潟とか、名古屋の手前くらいの距離」

「三百キロも？」

北海道のでかさは、頭のなかで説明がつかないんだよなあと、高之は思う。

そもそもメルカトル図法が悪いよ。シベリアとかグリーンランドはやたらでかく見えるけど実際はそうでもないんだと知ってから北海道の縮尺までわからなくなってしまった。メルカトルのせいではなく、本当に北海道はでかいのだ。

「でも、函館は行ってみたいね。夏かなんかに」

離職した後、というイメージが浮かんだが、かれはそれを打ち消した。

「バター飴って男の修道士が作ってるんだってな」

「地域のひとも働いてるんじゃないの」

「まあね。ブルーナンみたいなイメージだったから、ちょっとな」

「ブルーナンってなに？」

「青い尼さん。白ワイン」

高之がつまらないことを言ったときの常で、沙和子は話題を急に変えた。

「旅行ってさあ。目的以外のことの方が覚えてたりするよね」

「そりゃそうだ。腹壊したとか、道に迷ったとか、笑えるほどまずかったとか」

かれはインドまで行ったのに、ろくに動けないまま帰国したことを思い出す。

「あと、知らないひとにジュース奢《おご》ってもらったこととか忘れないよな」

大橋ジャンクションを過ぎてからは、驚くほど車の流れはスムーズだった。埋め立て地を繋ぐ橋をいくつも渡りながら、飛行機のマークのついた標識の残りの距離が減っていくのを見て、沙和子は急に時間が惜しいと感じた。

「そういえば成田からの帰りに、上野まで来てくれたことあったね」

「上野？　いつ？」

「学生のとき」

「ああ、あったね。なんだったたっけ」

「夏休みにドイツに行って帰ってきたとき。友達と行ったんだけど、お互い彼氏が空港に迎えに来ることになってて。でも私の方だけ来なかったの」

「俺、代打だったの？」

高之は気を悪くした様子でもなかった。

「うん、今だから言えるけど」

京成《けいせい》スカイライナーのホームで、あちこち見回しながら立っていた若いときの高之の姿を沙和子ははっきりと思い出した。

「ほんとは彼氏じゃなくて、全然つき合ってなかったんだけど、車で迎えに行くって言ってくれたからきっとこのあとそうなるんだなと思ってたの。遅れてるだけだと思って、一人で成田のロビーでずっと待ってた」

「かわいそうに」

高之は笑った。

「うん。かわいそうだったよ。それで、二時間経ってやっと家に電話したら寝てたって」

なんでそんな、わがままでいい加減な男を待っていたのだろう、今となってはどこがよかったのかも思い出せない。たしかに高さんよりはシュッとした感じだったかもしれないが、その男だって今はふつうのおじさんになってしまったことだろう。

「そうとは知らずにすごい勢いで上野まで飛んでったよ。俺は」

「それでタクシーにお土産忘れたよね」

「そうだっけ」

あのとき高之は熊谷の実家まで送ってくれたのだった。やっと着いたと思ってほっとして、そしてお土産の酒やチョコレートの詰まった免税店の袋を熊谷駅からのタクシーに忘れた。

「うん」

それまでも、高之の好意に気づいてないわけではなかったのだ。けれども女子学生が少ない学部にいた彼女は、クラスでもサークルでも話が上手で女の子の扱いに慣れてる男子学生とばかり喋っていた。ほかの女子もみんなそんな感じだった。岡山出身の寛ちゃんは、さっぱりしていて話しやすかった。高之は気がつけば寛ちゃんの隣でにこにこしている夕イプだった。三人で遊びに行ったこともあるし、寛ちゃんの彼女と一緒に下宿で鍋をやったりしたこともあった。もちろん嫌いではなかったが、沙和子が高之に、何が好きなのか、どういう方面に進みたいのかといったことを話しかけることはなかった。

あの頃って何話してたんだろ……沙和子が少しぼんやりしたところで、車は首都高湾岸線のトンネルを抜け、空港中央インターに着いた。広々とした景色のなかに、色とりどりのマークをつけた飛行機の尾翼《びよく》が見えても、きれいに整備された建物が並んでいても、沙和子はよそよそしさしか感じないのだった。そして切実に思った。

行きたくない、今すぐ帰りたい。

だが、高之は、あくび混じりに言うのだった。

「俺もどっか行きたいなあ」

もっとなにか、気の利いたことを言うと思ったのに、気が抜けた。立体駐車場に車を停めて、高之は少しじっとしていたが、何も言わなかった。なにか心のなかでは言ったのだろうと沙和子は思う。

空港ロビーは混雑していた。

「お茶でも飲んでいく?」

チェックインを済ませて沙和子は言ったが、高之は、いいよ。向こうに着いたら電話ちょうだい、と言った。

このひとは、こういうタイミングが苦手なのだと沙和子は知っていた。別れる前のカウントダウンみたいなものがじれったいのだった。

搭乗口の前で手を握って別れるときに、高之は言った。

「メソポタミアの箱入りがついに箱から出るわけだ」

「やめてよメソポタミアなんて、恥ずかしい!」

別れを惜しむのではなく、そんなことを考えていたのか。

しばらく独身かあ。

3

少し変な顔はしていたけど、沙和子が泣かずに済んでよかった。

それと出かける前にケンカをすることもなくて、これもよかった。

空港から環八へ向かいながら、高之は思う。さびしいのはさびしいが、それほどの実感はない。むしろ少しほっとしたような、くすぐったいような気もする。さて中延に帰ろう。近所のパーキングが空いているといいんだが。

高之の家は母子家庭だった。母は、私立中学の教員をしながら二歳上の兄と高之を養ってくれた。

物心ついたときから、父のことは記憶になかった。若くして亡くなったのだと聞いていた。けれども墓参りに行くこともなく、祖父母といえば母方の伯父と一緒に住んでいた小金井の祖母しか知らなかった。小学校の高学年のときに一度だけ「お父さんは」と訊いたことがある。どんなひとだったのか、と訊いたつもりだったが、母は遠いからお墓参りに行けないのだ、と答えた。

高之が高校に入った頃、父が実は生きていて再婚しているらしいということを兄から聞いた。兄には父親の記憶があるらしく、高之よりも強い嫌悪をあらわにすることがあった。今は公務員になって結婚もして、石神井《しゃくじい》公園のそばに住んでいる。子供は男の子が一人、もうすぐ第二子が生まれると聞いた。

結婚するとき、母は反対も助言もしなかった。相手の苗字になることについてもどうぞご自由に、という感じだった。沙和子は妙に高之の母親を気に入って、最初から甘えていた。

むしろ友人達の方が、婿入りして熊谷の相手の実家に住むことになった、と言うと、大丈夫なのか、と目を丸くした。高之はそのたびに短く「なにが」と答えた。

そうは言っても誰も納得しない。当たり前だ、そんなもの俺だって行ってみなくちゃわからない、とかれは思っていた。友達に責任をとってくれと頼んだわけではない。言い訳を考えてくれと言った覚えもない。

すると皆はこう言った。まあおまえだからな。おまえだったら大丈夫かもしれんな、おまえが決めたことならそうなんだろうな。

婿という伝統ある存在ですら、マイノリティの一種なのか。

みんな分類好きだからなあ。

マスオさんね、と言われるのも内心、面白くはなかった。あれは同居であって婿入りではない。苗字だってフグ田のままではないか。

結婚したら誰だって暮らしが変わるのだ。二人でがらんとした駅前のマンションかなにかに、よーいどんで入居して陣取り合戦をするのだって相当に不自然なことだ。大丈夫なのか、なんて漠然としたことを言われても、きみこそ大丈夫か、きみの人生はそんなにカタイのかとしか感じないのだ。別に俺は油田《ゆでん》を掘りに出かけるわけではない、放浪の続きかと言われれば否定しきれないが、もっと漠然としたものに立ち向かおうとしているのだ。俺はまだいい。沙和子なんか恋人からいきなり大家《おおや》になるんだぞ、どっちが気を遣うか、どっちが厄介かってそりゃあ、彼女に決まっている。

大したものだ。

器じゃ絶対に敵《かな》わない。

もとからかれはそう思っていた。彼女を逃したらもう二度とあらわれないだろう。失業中に結婚するなんてまさか思わなかった。

あれはつき合ってからもっと後のことだったか「なんで私のことが好きなの」みたいな質問をされた。覚悟があるのかないのかと訊かれれば、「ある」と胸を張るつもりだったんだが、「なんで」と言われても、考えていなかったのでうまく答えられなかった。別にいいだろ、みたいなことを言ったら怒られた。誰でもないあなただけの唯一の理由みたいなことが言えるわけないので、「そんなことよりこれからだろ」と言ったら、それはそれでもめた。

そういうことが明文化できないから恥を忍んで苦手なプレゼントをしたりとかだよ、婚約指輪とかだってそうだろう。

そのとき沙和子はこう言ったのだ。仮にあなたがどんな国に生まれようが、全校生徒が二十人くらいしかいない小学校の分校に通おうが、それなりの年であなたは初恋をするわけで、それは私にしたって同じことで、そういうものなんじゃないの、と。

たしかにそうだ。不思議なことだ。

複数のパターンが存在するとはいえ、人間なんて基本的には同じなのだから動物程度に相性が合えばよろしい、ということなのか、だが彼女はそれを論破《ろんぱ》してほしくて仕方ないのだった。論破しなければ破壊しますよ、という脅《おど》しをかけてくるのだった。俺はどちらも無理だし、自分からは去るという選択肢もないので、うやむやにした。

学校の事務員として三年働いて退職したのは、単純に組織が合わなかったからだ。パワハラなどではない。もちろん能力とか向き不向きもあっただろうし、校風によるものもあるだろう。そもそも俺には、その組織と合う合わないを感じ取る能力が決定的に不足しているような気がする。

実は俺、仕事辞めようと思ってるんだけど

わかってもらえないだろうと思っていたが、沙和子は、

「なにかやりたいことがあるの？」

と言った。そこに批判や非難の表情はなかった。

「やりたいことはある。でも仕事には多分ならないから、それとは別に働くし、自分を養

えばいいわけだから」

「え、なになに？」

「うーん、強《し》いて言えば、歴史上の人物の研究かな」

夏休みの自由課題のようなことを言ってしまった。

「歴史上の人物？　結構有名？」

「名前はね」

「あ、待って。言わないで」

「いいよ、言っても。もうここまで話しちゃったんだから」

「私、毎日一人ずつ歴史上の人物の名前考えて当てるよ！」

なぜか沙和子は目を輝かせて言った。

「いや、そういうんじゃなくてさ」

「じゃあ今日は、ナポレオン」

「違います」

「残念。じゃあまた明日」

「なにが残念なんだよ」

「結構、難易度高い？」

「どうだろ……意外に見落としてるかもしれないな」

「じゃあさ、当たるまでけっこうかかるよね？」

「そんなこと俺にわかるわけがない。明日当たるのか、三年後なのか」

「三年はちょっといやだけど。でも私が当てたらプロポーズしてよ」

なんてことを言うんだ、とかれは思った。

沙和子からは、用件がなくても毎日メールが来た。「千々石《ちぢわ》ミゲル」だの「ヌルハチ」だの「ピピン三世」だのといったタイトルが日替わりでついていた。とうとういたたまれなくなって、かれは書いた。

「いや負けました。原敬《はらたかし》です。昔の総理大臣」

「なんか、ふつうだった」

というのが彼女の感想だった。だからすぐにプロポーズはしなかった。

原敬に興味を持ったきっかけは、東北旅行に行った兄が盛岡の原敬記念館で買ってきた「でたらめ」という名の小冊子が無造作に放り出してあったことだった。兄に訊くと、

「原敬って東京駅で暗殺されたんだぜ」

と言った。えんじ色の文庫本サイズのそれは、旧仮名遣いの復刻版で、宴会や食事、つき合いの作法などについて書かれたコラムだった。欧州の真似をして愚かな振る舞いをすることを戒《いまし》めつつ、「女性はもっと丁寧に扱った方がいい」というようなことも書いてある。「緒言《しょげん》」と書いてある序文には「明治三十一年十月　大阪毎日新聞　でたらめ記者」とある。「でたらめ記者」が大正期の総理大臣になったことが面白かった。

歴史では「平民宰相《さいしょう》」と習ったが、実際には盛岡藩士の次男として生まれた武家の出身

で、二十歳で分家している。略歴によると法学校は追放され、最初の新聞社では大隈重信の一派と反《そ》りが合わず退社し、それから外交官になってフランスに渡った、とある。相当な個性派ではないか。

それから長らく原敬のことは忘れていた。だがある日、東京駅の丸の内南口を出たときに、こんなところで首相が暗殺されたのか、と思った。こんなに人通りの多いところなのに、ひっそりとした記憶にとどまっている。なぜなのだろう。そういえば歴史小説でも読んだことがない。ずっと気になっていたことを、いつか調べ直してみようとかれはもくろんだ。

若い子なら「昭和の匂いがする！」と声を上げそうな団地の三階が、高之の実家である。

「沙和子さん、発《た》ったの？」

「羽田まで送ってきた」

早めの夕飯が出来ていた。

高之は味噌汁をよそい、箸を準備した。母はテレビを消した。そういう決まりになっていたのを、久しぶりに高之は思い出した。熊谷では親世帯でも子世帯でも、人がいれば必ずテレビがついていた。

炊き込みご飯とコロッケ、なめこの味噌汁、キャベツの千切り。

高之の好きなものばかりを用意してくれたのに、質素に感じてしまったことが悲しかった。熊谷の布施家は二世帯住宅だったから親世帯にご馳走になることもあったが、シフトが夜でないときには高之が沙和子の夕飯の支度をした。畑をやっているし、地元のつき合いでもらいものもある。熊谷の食卓は品数が多かった。

「これからかもね」

ぽつりと母が言った。

「へえ?」

「沙和子さん」

「なにが?」

「ずっと、親の期待に応えようとしてきたひとでしょう。もうそうしなくていいんだって思ったときに、不安になると思うのよ。それが不安だってことにも気がつかないかも」

「俺、一緒に行けばよかったのかな」

「それは足手まとい」

高之はうん、と言って炊き込みご飯のお代わりをした。

実家の風呂は狭かった。自分が大きくなったわけではない、もとからバランス釜がじゃまなのだ。弱い水圧のシャワーで頭と体を洗い、湯に浸かりながら高之は、ひとりで熊谷に行った日のことを思い出していた。

婚約が決まって少し経った頃の土曜日のことだ。その日沙和子は休日出勤だった。季節はまだ冬だったと思う。

昼前に熊谷に着いた。せっかくだから広域を走ろうと思ってかれは沙和子の家とは逆側の、南口の駅前でレンタカーを借り、国道４０７号線を南下していった。国道といってもごく狭い道である。海も山もないところでどこまでが熊谷なのか境界を見極めておきたいという気持ちがあった。荒川まではすぐだったが、荒川の南北で明らかに「市街地」と「郊外」の区別があった。住宅の敷地は広くなり、畑の割合が増えた。青看板に出てくる東松山や嵐山《らんざん》小川は、関越道のインターとして名前は知っていたが、位置関係がよくわからない。そして今更ながらなぜ、熊谷インターがないのだろうと思った。

いくらも走らないうちに、前のバスが停止したまま動かなくなってしまった。前が詰まっているようだ。最初は工事でもしているのかと思ったが、あまりにも動かないのでどうやらこれは事故だな、と思う。

急ぎでもなかったので、かれは車のなかでじっとしていた。

対向車線を走ってきた軽トラがすれ違いざまに停まり、地味なシャツを着たおじさんが開けっ放しの窓からぬっと首を突き出したので、高之も慌てて窓を開ける。

「事故ですか」

「トラックが立ち往生してるからどうにもなんねえよ。どっちの方行くの」

「いや、もうちょっと先なんです」

具体的な地名を言わなかったためか、相手は怪訝な顔をしたがすぐに、

「Uターンした方がいいよ」

と言うと車を発進させた。後に続くスポーツカーが、親切な軽トラに少し苛立《いらだ》っている様子だった。

どうしようかな
かれは住宅の間の道を右折するかどうか、迷った。ナビにはかろうじて映っていたが砂利道だったからだ。

まあ、いいか。車は六時間も借りてるんだし。約束があるわけでもないんだし。

裏庭に畑がある家をかれはじっくり眺めた。母屋《おもや》と離れがあって正面の庭はよく手入れされていた。俺もああいう離れに住むことになる。庭仕事なんてしたことがないんだが、手伝わなければならないのだろうか。

また少し経ってから、警官が二人、今度は歩いてやってきた。

「トラックが脱輪してるんですよ。レッカーが来るまでまだ、三十分くらいかかるそうで」

若い警官が言った。

「そこの道から、抜けられます？」

「いや、ちょっとわかりません」

年上の方が正直に言った。

かれは砂利道に入っていった。前から来たらバックで戻るか、民家の敷地に入るしかないと思った。そもそもなぜ国道に砂利道が接続しているのかもわからない。路面のいい道を選んで畑の中の道を進んでいるうちにようやく広い県道に出た。かれはやっと、気の向くままに走っている感じを取り戻した。道は、両側に広がる畑と集落が途切れるとなだらかな丘陵地《きゅうりょうち》に入っていく。丘を切り拓いたところに大学のキャンパスがあった。それを過ぎると、完全に林のなかをかれは走っていた。

ああ！　わかった！

頭のなかでしっくりと繋がるものを感じた。

ここは武蔵野《むさしの》なのだ。山沿いのアカマツでもなくブナの生い茂る北の森でもない。ドングリの採れるクヌギやコナラが混じる雑木林が、その葉の密度や地面の明るさが、幼い頃に兄と遊んだ小金井の祖母の家のあたりとそっくりだった。雑木林には古井戸があって危険だから行かないように、と祖母に言われたことを覚えている。もちろん兄弟は昼寝からこっそりと起き出して探検に出かけた。今はどうなっているのか、長い間あっちの方には行っていないが、とにかく東京の西の方にはあんな風景がいくらでもあった。似ている、というのではなく、もともとは連続していた、という確信があった。

それで武州《ぶしゅう》なのだ。武蔵国《むさしのくに》なのだ。

かれは大発見をしたような気分になる。

そうだ、江戸は利根《とね》川の河口を付け替えるまで、台地のほかは湿地が多かったのだ。縄文時代の武蔵の中心となるムラは今で言う都下のあたりではなく、行田《ぎょうだ》のあたりだった。

埼玉《さきたま》古墳群のあるところだ。ここからそう遠くないはずだ、と思った。

滑川町《なめがわまち》の看板表示が出たので、かれはUターンをした。

縄文時代は今より海水面が二、三メートル高かった。

東京湾は内陸の奥深くまで繋がっていて、荒川流域は深い入り江になっていた。かれはそんな図を見たことがある。だから埼玉の南部にもいくつか貝塚が残っているそうだ。

それでも熊谷あたりはもう完全に陸地だったのだろう。利根川や荒川の入り江と、武蔵野の雑木林の組み合わせをかれは想像しながら市街地を越えて北上し、行田市内へと向かった。

要するに、荒川と利根川の間が熊谷ということだ。

荒川、JR高崎線、新幹線、秩父鉄道、国道17号、利根川。このあたりではざっくり言えば並行で、東西に流れている。繁華街と言っていいのかわからないが中心部は駅前で、市役所は若干離れたところにある。荒川から線路を挟んで17号までが商店や古くからの住宅を含む市街地だった。17号を右折して、しばらく走ると古墳群の看板が出てきた。

熊谷とは趣《おもむき》が違う行田の町並みを通り抜けて着いた埼玉古墳群はかれが予想していたよりはるかに大きなものだった。前方後円墳だけで八基、円墳一基が隣り合っていて、その全体が公園として整備されていた。土曜日ということもあってか、家族連れが目につく。

丸墓山《まるはかやま》古墳は巨大な円墳だった。日本最大の円墳であり、直径が一〇五メートルもある。

高之は息をはずませて遊歩道を上っていった。墳丘頂上には大きな桜の木があった。ほかの古墳を見下ろしながら花見までできるというのか。

いやあ丸いってすばらしい

隣接する前方後円墳を眺めてかれは思う。

六世紀前半に作られたものが崩れていないというのも凄いことである。今の土木技術では千五百年も崩れない古墳を作ることはできない、と聞いたこともある。

遊歩道を下りて、馬具や甲冑《かっちゅう》、文字が刻まれた国宝である金錯銘《きんさくめい》鉄剣が出土した稲荷山《いなりやま》古墳の周囲を歩き、二子山《ふたごやま》古墳から横穴式石室の発見された将軍山古墳へとまわる。東側には石室を間近に見られる展示館が併設されている。意外だったのは、あれほど有名な国宝である金錯銘鉄剣が発掘されたのに、そばにある他の古墳の発掘調査が完了していないことであった。

俺も死んだら古墳に埋葬されてみたいものだなあ

自分のまわりを、どっしりとしっかりと土が囲んでいて、愛用の副葬品が石室に納められていく。生き返ったらいつでも馬に乗って行けるように、馬具の用意までしてあるのだ。

そのときには、おそらく部族の末裔《まつえい》が盛大なセレモニーをやってくれるのだろう。見事生き返ったあかつきには、それがどんな時代であろうとも、人類がいれば馬だっているだろうし、やはりそこはへんてこな未来の乗り物ではなく、立派に飾り立てた馬に乗って静かに、もとの世界へと戻っていくことが望ましいのだろう。

案外何千年も後の時代なんて、古墳時代に似ていたりするのかもしれないぞ。次の文明の古代にあたるのかもしれない。

長い眠りのあと、円墳が開かれる。

もっと大きな前方後円墳の連中はとっくに生き返っているに違いない。いやはや甕棺墓《かめかんぼ》の時代じゃなくてよかったなあ、ましてや横穴だったからよかったのだよ、同時に生き返った王族や長老たちと話しながら、須恵器《すえき》になみなみと注がれた美酒を飲むのかもしれない。

いいだろうなあ復活は
何百年も眠ったら気持ちがいいだろうなあ

「後の世」なんていうと、どうもうぬぼれた気分になるのだ。

かれは国宝の鉄剣を見に、資料館に入った。

人だかりに混じってガラスケースをのぞき込みながら、文字があるというのは特殊なことだとかれは思う。

表面五十七文字、裏面五十八文字の銘文は、西暦四百七十一年と見なされる「辛亥《しんがい》年」から始まる。

（表）辛亥年七月中記乎獲居臣上祖名意冨比垝其児多加利足尼其児名弖已加利獲居其

児名多加披次獲居其児名多沙鬼獲居其児名半弖比。
（読み下し文）辛亥の年七月中、記す。ヲワケの臣《オミ》。上祖《かみつおや》、名はオホヒコ。其《そ》の児《こ》、（名は）タカリのスクネ。其の児、名はテヨカリワケ。其の児、名はタカヒシワケ。其の児、名はタサキワケ。其の児、名はタテヒ。
（裏）其児名加差披余其児名乎獲居臣世々為杖刀人首奉事来至今獲加多支鹵大王寺在斯鬼宮時吾左治天下令作此百練利刀記吾奉事根原也
（読み下し文）其の児、名はカサヒヨ。其の児、名はヲワケの臣。世々、杖刀人の首《おびと》と為り、奉事《ほうじ》し来たり今に至る。ワカタケルの大王《おおきみ》の寺、斯《し》鬼宮《きのみや》に在る時、吾、天下を左治《さじ》し、此の百練の利刀《りとう》を作らしめ、吾《わ》が奉事の根原《こんげん》を記すなり。
（出典　埼玉県立さきたま資料館　作成資料より）

結局のところ言いたいことは、要するに新約聖書の冒頭と同じだよな。アブラハムの子はイサク、イサクの子は――たしか俺が読んだときはそういう訳だったと思うんだけれど。結局、文字が表すのはえらい人の系図になってしまう。誰それの直系であるという証明書。そして、歴史は経済繁栄の記録だとも言える。

それが本質なのだろうか。

文字が刻まれたということは刻む技術があったということだし、理解するひとがいたということでもあるし、教育もあったということになる。内容以上の情報量があるわけだ。ただし、文字に書かれていない可能性は排除されてしまっているのかもしれないな。肉体や材木のような有機的なものと同時に消えてしまって、俺の時代の想像力ではとても仮説が出てこないような。

たとえば死生観は現代と明らかに違うだろう。仏教伝来以後のものはまだ推測がつくにしても、それ以前のものが自然信仰や今残っている神話としての記録とどう融合するのか、王族の死生観、渡来人の死生観、庶民の死生観、それらを想像することは難しい。我々に理解できないような思想や哲学もまた、死者とともに眠り続けているのだ。しかし現代だって文字になっている哲学と、ふつうの人間の「当たり前」なんてズレているわけで、後の世のひとが見たら、まったく違う歴史解釈になるに決まっている。だがそのときに「そりゃいくらなんでも違うよ」という漠然とした反論はなされる余地がない。

古墳群をあとにしたかれは、利根川を見たいと思った。前方後円墳の周囲の濠は「空《から》濠《ぼり》」と書かれていたが、かつては水で満たされていたのだろうか。建材の輸送路であり、貯木場のような資材倉庫だったのではないかとかれは考えた。

少し走ると、道路の一車線とほぼ同じ幅の水路が二本並んで道沿いに走っているところに行き着いた。プールのような眺めだと思う。これをたどっていけば取水口に着くのだろう。かれは北へ向かって走った。

しばらく行くと水路が集まってきて、大きな取水口があり、名前だけ聞いたことのある「利根大堰《おおぜき》」の看板が出てきた。利根川の川幅は広く、堰《せき》は大きなものだったが上を渡る橋から見て、ダムを見上げるような臨場感はない。かれは群馬県側に一度渡ってから、また引き返してきた。

そしてしばらく堤防の下の道を西に向かって走った。

「妻沼《めぬま》」という地名の看板が頻繁に出てくる。

妻という名の沼、なんて言ったらまた、怒られるなあ。

堤防は高く、どこからでも見ることができた。

堤防のそばの民家も、敷地が広かった。防風林を兼ねた大きな生け垣を持ち、母屋と離れが庭と駐車場を囲み、物置小屋とは別に石造りの蔵などを備えた立派な家もあった。

豊かなんだな、とかれは思う。

対岸にも堤防の方角が異なる、鏡に映したような景色が広がっているのだろうか。

葛和田《くずわだ》の信号から土手に出られそうな道があったので、河原に出てみることにした。行きどまりの広々とした土手にはサッカー場やグライダー滑空場、そして広い駐車場と渡船場があった。利根川を渡るための船があるのだ。かれは車を下りて、渡船の利用案内の看板を読んだ。

●船を利用して群馬県側に渡りたい方は、土手下の待合所に設置してあるポールの黄色い旗を上げて下さい。
●船が群馬県側を出たのを確認したら、旗を降ろして乗り場まで来て下さい。
●河川の増水や強風などの場合は、運休いたします。
●運休時は群馬県側に赤旗が立ちます。（赤丸、赤字）
●詳しくは、土手下の待合所の看板に書いてあります。

四月から九月は午前八時三十分から午後五時まで、十月から三月は終わりの時間が四時三十分までとある。通勤にはちょっと使えない。

「詳しくは」とあるが、これだけ詳しければ十分だろう。

バス停の横には銀色のポールがあり、凧《たこ》のような黄色い旗は降ろされたまま風にはためいていた。

えらい儀式だなあ。戦国時代みたいだ。「我こそは熊谷直実《くまがいなおざね》の家臣でござる。旗はこちらでござる。直ちに対岸に渡していただきたい」という意味なのだ。

そしてあちら側からは「船を差し向けるので使った旗は降ろしてくだされ」と言われるのだ。

おそらく、変わっていないのだろう、基本は。敵ではない者だけが川を渡ることができる。対岸には船が停まっていた。川の向こうにも堤防があったが、その向こうにどんな景色があるのかはわからない。目を上げるとグライダーがこちらに向かって下りてくるところだった。大きなものなのに音がしないので驚いた。

高之は満足して渡船場を後にした。

駅前でレンタカーを返却していると沙和子からメールが入った。

「やっと仕事終わりました。今、新幹線のなかです。大宮を過ぎたところです。今週は会えなくて残念」

「熊谷駅の改札で待ってるよ」

かれはすばやく返信をして、沙和子の驚いた顔を想像した。

「ごはんは?」

何から報告しようかと楽しみにしていたのに、沙和子はいきなり日常に引き戻すようなことを言う。

「俺は、遅めに食べたけどビールならつき合うよ」

「じゃあ、どっか行く?」

仕事帰りの沙和子は、休日のデートのときよりもずっとそっけない。

「いいよねどこでも」

沙和子は路地を曲がるやいなや、

「あ、ここにしましょう」

と言って、大衆飲み屋のようなところに入って行く。その決断の素早さは到底高之に真似のできるものではない。

「知ってる店?」

「ううん。初めてだけど多分美味しいよ。私はお腹空いてるの」

小旅行の終わりは、心の底からビールが旨い。

「しかし熊谷ってのは明るい街だね」

「明るい? なんにもないよ、ほんとになんにもない」

「好き嫌いとか、内容じゃないんだ。暗さがないよ。陽性っていうのかな、音でいうとメジャーコードでできてる。やっぱり周波数なのかな。あくまで街の印象なんだよ」

半日以上、喋らずに遊んでいたので饒舌《じょうぜつ》であった。

「なに言ってるかわからないんだけど」

「もちろんマイナーコードでもいい街はたくさんあるし、でもここはなんというか、空気がさっぱりしてる感じがする」

「それはありがとう」

と言って沙和子は店員を呼び、おでんと焼き鳥の盛り合わせを注文した。

「豊かなんだろうな。豊かな土地のひとは総じてわかんないって言うけど」

「なんで熊谷に来たの？」

「うん？」

まだそれを説明していなかったのだった。

「調査に来たんだ。お忍びだったんだけど、すれ違うのも癪《しゃく》だからな」

「なんの調査よ」

「埼玉古墳群行ったよ」

「あれは行田でしょ」

隣なのに、手厳しい。いや隣接しているから手厳しくなるのか。

「いい定食屋見つけたよ。行田だけど」

「お蕎麦《そば》屋さん？」

「いや、焼きとんかつ定食。ホルモンでもハンバーグでもなんでもあるとこ。営業車がたくさん停まっててさ、ボリュームあって旨いんだ。俺ああいうとこ大好き」

ますます二人の温度差が開いたような気がしたが、かれはずっと思っていたことを言わずにはいられなかった。

「二つの豊かな川に挟まれた土地なんだよな、熊谷は。メソポタミアだよ。熊谷メソポタミア説ってもう誰か言ってた？」

「なにそれ」

「チグリス荒川と、ユーフラテス利根」

「芸人の名前じゃあるまいし埼玉のことばかにしてるの?」

「ばかにしてないよ。褒《ほ》めてるんだよ」

「してるよ」

「ごめん。でもほんとに褒めたんだ」

「おちょくらないでよ。品川だからって」

「してないって、だって俺シュメール人だから。君はバビロン」

そういう冗談は通じないのだ。

「なにそれ」

「シュメール人はかつてメソポタミアで高い文明を築いた謎のひとたち」

「やっぱりばかにしてる」

「してないよ」

埼玉県に関するこの手の言い合いは無数にあった。それはもう、星の数ほどあった。

どうしてばかにされていると沙和子は決めつけるのだろう。

おそらく、東京に生まれたことが罪深いのだろう。中延なんてわけのわからない、まずひとには通じないような地名でも、都会に生まれたというのは東京に居残る以外の場合、ハンデになるのだと高之は放浪中に知った。気取っているだの、見下しているだのと、それこそが偏見ではないかと思った。

ただし、そういうことに頓着《とんちゃく》しないのがかれの性格だった。

「あと、熊谷のゆるキャラも見かけた」

「やめてよ」

「ニャオざね」

高之はにやりと笑って言った。

「あれ、好きじゃないのよ。なんかふざけてるじゃない」

「そう言うと思った」

「名前がふざけてるのもあるけど、なんか好きじゃない。ひとのあとついて回りそうだし、食べ物とかこぼしそうだし、なんか言ったら泣いちゃいそうだし」

「かわいいじゃないか」

「でも」

高之は、なんだかんだ言って幼い者や未熟な者の面倒をみてしまいそうな、仕事をすべて終えてから文句を言いそうな沙和子のことをかわいいと思った。父のいない自分には想像もつかなかったが、友達から聞いたことのある、「年をとった父親が母親のあとをついて回る」というのは、あり得るのかもしれないとかれは思った。圧倒的に表現力が違う。パワーが違う。だが、軽んじられたくはない。彼女は、好きじゃないと言いながらも、自分よりパワーの劣る者を裏切ることはない。

「ひとが休みの日に必死で働いて、疲れて帰ってきたっていうのに」

沙和子は溜息交じりに言った。

「こんなんで、本当にやっていけるのかな」

「行けるさ」

高之は自信を持って頷いた。そのままじっと目を見つめていたら、とうとう不機嫌な表情が崩れた。

「しょうがないなあ」

そう言って沙和子は笑い出したのだった。

4

片道の航空券が心許《こころもと》ない。

保安検査のゲートを抜けた瞬間から、気圧がぐっと下がったような気がした。まわりは雑然としているのに自分だけが遮断されてしまったような、すっぽりと沈黙のカバーをかぶせられてしまったように感じた。

次にひとと会って話すのはいつなのだろう。

もちろん週明けに出社することは決まっている。千歳《ちとせ》から札幌まで移動して、今夜はホテルに泊まって、明日引っ越しの荷受けをすることもわかっている。社宅のマンションの鍵も持っている。月曜から出社すればもちろん挨拶も自己紹介もする。けれどもそれはまだ、沈黙していることとなにも変わらないのだ。

本当の意味で、ひとと会って話すのは、いつのことになるのだろう。

まだ見ぬ同僚と食事をするときなのか、けれども、そのときまだ自分はガラス越しに話しているのではないだろうか。

不安、ではない。

だが閉ざされてしまった感じがする。透明なドームが自分の周囲三メートルくらいを覆っていて、札幌に着いたとしても遮断されたまま数日間、あるいは数週間を過ごすような気がするのだ。外界との会話はできる。けれども三メートル先には手が届かない。壁に向かって歩いても、自分にかぶせられた透明なカバーも一緒に移動するのだから、透明な壁に触ることも取り外すこともできない。

高さんがいれば、そんなカバーは簡単に破ってくれただろう。いつものように変なことを言いながら手際良く取り除いて、こんなことにとらわれている私を外に出してくれただろう。ただ手を伸ばしさえすれば、声が届かなくたってすぐに私が困っている様子をわかってくれただろう。

けれども、この先、まわりにいるのは全員が他人なのだ。

心細いわけでも、行き詰まったわけでもない。

ただ、これから先の自分の、知らない町で働く姿が合成写真のようにしか想像できなくて困惑しているだけなのだ。いつから、生きている感じになるのだろうか。まだ出発すらしていないのに、空港の搭乗ロビーで、そして着いた先でもずっと自分が透明な殻のなかにいるとしたら――。

ばかげていると思う。子供じみていると思う。

こんなことは、大学進学で一人暮らしをしたひとなら誰でも味わったことに違いない。実家が東京にある高さんだって、放浪時代に乗り越えただろう。今まで何の落ち度もなくやってきたつもりなのに、まだ知らない感情を、修正の利かない大人になってからもてますなんて。

けれどもそれは、大人の水疱瘡《みずぼうそう》やおたふく風邪のようにつらく感じられるのは、免疫がないからなのだ。別れ際に高さんの言った「箱入り」というのは嫌みでもなんでもない、事実である。

いつまでも親の前で優等生を演じているのはおかしいし、歪《ひず》みがたまっていく一方だったのだ。そして、いつまでも高さんに頼っていたらいけなかったのだ。

飛行機のなかでも、まだ自分が自分ではないような感じだった。

高さんは、もうすぐ実家に着くのだろうか。

やはり一緒に寄っておけばよかった。お義母さまに挨拶をしておきたかった。

お義母さまみたいな方と、札幌で会えないだろうか。

ひとこと話しただけで、あたたかい気持ちになるひとだ。なんとも言えない懐かしい気分になって、とても恥ずかしいことだったが、甘える、という言葉を思い出した。お義母さまは、きれいな言葉を話した。決して実家の言葉がきたないというのではないが、とりつくろったきれいさではなく、すぱっと切った果物の断面のようにまっすぐで、それでいて甘い香りがするのだった。甘える、という言葉が浮かんだあと、それがどうにも居心地が悪くて、「それまでの自分を全部否定するわけ？」という自分のなかのとんがった気持ちが育った。それをすぐに折ってしまいたくなった。ぐずりたくなった。そんな甘えは、実際の両親に感じたとしても遠い昔のことだっただろうし、愚痴を聞いてあげるよと言ってくれる女友達や、年の離れた上司や、つき合った男のひとに対して半分だけ自分の足で立っているような甘えとは根本的に違っていた。

ほかのひとの上品さがすり下ろしたジュースだとしたら、お義母さまの上品さは、ちゃんとした食感のある果物なのだ。それも化粧箱に入った過保護な果物ではなく、庭の柿の木や小さなブドウ棚からとれたような、そんな自然な果物。

まるで私は高さんではなく、お義母さまに一目惚れして結婚したみたいだ。もちろん高さんのなかに、その要素があるからこそそうなったんだろうけれど、一緒に暮らしていたら始終甘えるわけにはいかないし、始終惚れているわけでもないのだ。

でもこれからはどうなるのだろう。

いつになったら自立できるのか。管理職になって、まだそんな幼いことを言っている自分がとても恥ずかしい。

私が幼い者、未熟な者を嫌うのは、自分のなかにそういう部分があって満たされないからなのだ。

北海道に着いたらこんなことは杞憂《きゆう》だった、錯覚だったとわかるだろう。新千歳空港から出て深呼吸すれば、ネガティブな気持ちなど忘れてしまうのだ。

最初の一ヶ月は帰れないだろう。早くても来月……。

高さんは来てくれないだろう。遊びに行くとかなんとか、いつまでも言い続けて、私の親をほったらかして来ることはないだろう。

あのひとは、自分のためにしか動けないのだ。

まったく、それでいい。

ひとの身になって考える、ということが苦手なのだ。そしてそんなことをしたら、いつも間違いのもとだから、自分のために生きた方がいいのだ。

新千歳空港は冷え込んでいたが、雪は降っていなかった。荒れていなくてよかった、と沙和子は思う。それから北海道の荒天や雪の量が、想像もつかないということに気がついて、すべてはこれから知るのだ、と思った。

札幌まではＪＲで四十分ほどだ。何度か出張で行ったことはあるので、戸惑うことはない。

沙和子はスマホを取り出して札幌駅と泊まるホテルの位置関係を注意深く確認し、それから明日から入居する借り上げマンションの場所をもう一度おさらいした。立ち会ってくれる総務担当者からのメールも見直した。それでも時間があったので、部屋の間取り図を見ていた。最低限の生活はできるとしても、一人暮らしに慣れるまでは時間がかかるだろう。


電車から下りるときは、随分さっぱりした気分になっていた。

やるべきことはすべて済んだ、そしてこれからなのだ。


ホテルの部屋は暖房がしっかりと効いていた。

荷解《にほど》きもせずに、コートだけハンガーにかけて沙和子は高之に電話をかけた。最初は不在だったがすぐに折り返し電話がかかってきて、

「着いた？」

という声を意外なほど近く感じた。

「うん、ホテルに入ったよ。さっきはありがとね」

沙和子はそう言いながら、喉が渇いていることに気がついた。

「これがもし逆だったら、私、駅までしか行かなかったと思う。高さんがどこかに行くとしても」

デスクの下の冷蔵庫を開けて、沙和子はビールを選んだ。

「そりゃそうだよ」

電話口の向こうで高之が晴れやかな声で言った。

「俺が言うのもなんだけど、でもこれだけは確かだよ。世の中に逆なんてものはないんだ」

沙和子はプルタブに指をかけて、

「そうかもね」

と言った。そして、何も言わずに缶を目の高さまで上げ、気持ちだけを夫に送った。

3 大きな窓の家

二〇一四年五月

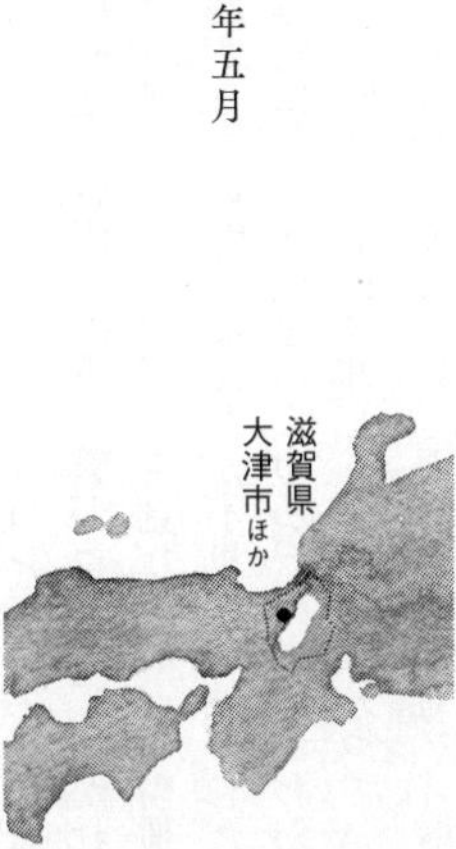

1

指摘されていない落ち度があるはずだ、という考えが生あくびのようにこみ上げてくる。旅に出る前にやるべきことは済ませて来た。それでもなにかを忘れている気がしてならない。ありもしない心配事を探そうとして、そのたびに、身体が運転席に沈み込むような気分を高之は味わった。走っていくうちに気が紛れるだろうと思っていたのに、長野道から中央道の山あいを走り、恵那山《えなさん》トンネルに入ったときには、なぜそれほどつらいのかがわからないほどの嘆きに襲われていた。

楽しみでないのはおかしい、とかれは思う。

二ヶ月ぶりに妻に会うのだ、しかも久しぶりの旅行である。

沙和子が札幌に単身赴任して、二年以上になる。

部下の結婚式が京都であるのだけれどどうしても宿がとれない、という妻の話を受けて、だったら滋賀に行けばいい、前後が休みだったら俺も行く、と提案したのはかれ自身なのだ。

なぜ気が乗らなくなってしまったのだろう。沙和子のせいではない。

恵那山トンネルを抜けて中津川《なかつがわ》に入ったとき、かれは並行しているJRの線路が中央本線であることに気がついた。

岡谷《おかや》からは飯田線とともに走ってきたのが、あの強引で暗いトンネルを境に中央本線の領域に入ったのだ。学生時代、周遊券を買って中央本線の鈍行で旅したことがある。あのときは新宿を出て、塩尻と中津川で途中下車をした。ただ降りたというだけで、大して歩き回ったわけでもない。恵那峡のサービスエリアに入ろうか迷ったが、名神高速の混み具合が気になったのでやり過ごした。

瑞浪《みずなみ》のあたりではさびしい風景だと思っていたのに、小牧《こまき》ジャンクションから名神に合流した途端に車が増えた。左側の車線には名古屋高速に合流する車が繋がっていて、かれは追い越し車線から「岡崎」や「一宮」といった見慣れないナンバーを見た。最近ご当地ナンバーで出来たのか、以前からあったのかはわからないが、なんだか不思議な気がした。岡崎ナンバーが抜けたあとの三河ナンバーが具体的にどの地域を示すのか、高之にはわからなかった。一宮が抜けたあとの尾張小牧ナンバーには、小牧以外どこの地域が入っているのだろうか、名古屋ナンバーとの棲《す》み分けもかれにはわからない。具体的な土地のイメージが欠損していくナンバープレートを見てかれはなぜか悲しいと思った。

雲が切れ、五月の日差しが戻ってきていた。

思ったよりもスムーズに愛知県内を通過し、木曾三川を渡る長い橋を越えて、かれは養老サービスエリアに車を入れた。ここまで来れば滋賀県はもう目と鼻の先である。本来ならほっとするはずなのに、いまひとつ達成感がない。スナックコーナーを歩いてみたが食欲は戻ってきそうにない。

疲れているのだ、と思った。

沙和子と高之は夜、大津のホテルで落ち合うことになっていた。移動時間もざっくりとしか読めなかったし、あのまま家にいたら出るタイミングを逃してしまいそうだったので、かれは朝八時に熊谷を出てきた。早く着いたらあちこち下見でもしていればいいと思ったが、どこを見たらいいのか考えがまとまらなかった。


北陸道分岐の米原《まいばら》ジャンクションを過ぎてから彦根まではすぐだった。

インターを下りて草津、大津方面に向かう。かれは国道8号や県道2号ではなく、「湖周道路」の標識に従った。

琵琶湖を右に見ながら、窓をいっぱいに開けて走ると少し気分が変わる気がした。人通りの少ない歩道の縁石沿いに、行儀は良くないが勢いのいい黄色い花が咲いている。植えられたものではなく、自然に列を伸ばしてきたもののようだった。高之は花の名前を知らなかったが、コスモスやマーガレットにも似た花だった。

そんなに咲いたら、心が乱れるじゃないか

そう思ったあとから、まるで極楽浄土だ、という言葉が浮かび上がってきた。

死にたくなるような悩みはどこにもなかった。居心地の悪さや誰かからの悪意を感じているわけでもない。何かの努力が行き詰まってしまったわけでもない。それなのになぜ、生命力に溢れた花を見て死を思うのだろう。京都で部下の結婚を祝福している、そして数時間後には落ち合う約束をしている妻よりも、自分が死んでいなくなった世の中のことを近しく、驚くほど具体的に感じてしまう。

俺は頭がおかしいのではないだろうか

かれは後ろから車が来ないことを確認してスピードを緩《ゆる》めた。そして湖岸の緑地に駐車場を見つけ、するすると入っていった。

車を下りるとき、休息が足りなかったことを訴えるように、身体がきしんだ。

かれは東屋《あずまや》のベンチに腰を下ろしたが、ほかの人が来たらと思うと、落ち着かなかった。そこで一旦車に戻るとトランクから折りたたみ式のキャンプ椅子を出し、東屋から少し離れた湖畔に据えて、そこに身を沈めるように座った。

五月の長い午後が湖の上にとどまっていて、いくら時間を過ごしても時間が余りそうな気がした。

車のなかに置きっ放しで、あたたかくなったペットボトルのお茶を飲み干してから高之は膝の上に肘を置き、両手で頭を抱えて旅客機の安全姿勢のような格好で動かなかった。そうしていると、顔を上げて湖を眺めているよりずっと楽だった。

このままずっと俯《うつむ》いていたい、とかれは思った。

風が、湖面を渡ってきた。

高之は立ち上がると椅子を畳み、再び身体のきしみを感じながら車に戻った。家を出てから五百キロ以上を走ってきたのだった。日が西に傾き、眩《まぶ》しさに顔を歪《ゆが》めてかれは車を走らせた。近江八幡《おうみはちまん》と草津を過ぎて、近江大橋を渡ると大津だった。比叡山の向こうに日が落ちた。

大津に来るのは初めてのことだったが、湖畔に近い高層のホテルを探すのはわけもなかった。

結婚式の会場から移動してくる沙和子には合っているかもしれないけれど、俺はいささか場違いだ、と思いながらかれは広いロビーを横切ってフロントに向かった。

「ほんと、京都から近いのね。びっくりした」

沙和子の声がして、高之は目を覚ました。部屋に入ってすぐに眠ってしまったらしい。彼女はドレスを脱いでスリップ一枚になろうとしているところだった。

「寝てたわ」

熟睡していたのだろうけれど、頭が重い。

「ほんとに十分しかかからないの。ごはんどうする？」

自分も寝ていたのだから仕方がないのかもしれないが、もう少しなんとかならんのか、と思う。脱ぐなら脱衣場に行くか、喋るなら部屋の真ん中で仁王立ちではなく腰を下ろすとか、そういうことだ。

「そういや食べてない」

高之は言った。

「えー、じゃあまた外に出る？」

「いや、そんなに腹減ってないし」

小さなビジネスホテルならチェックインを済ませればすっと外に出られるのだが、大きなロビーや周辺の広い敷地を横切って街まで出て行って店を探すことが、今は途方もなく面倒なことに思われた。

「じゃあ、部屋飲みしようよ」

沙和子は巨大なスーツケースの方に目をやってから、高之の顔を生き生きとのぞき込み、

「美味しいワインと燻製があるのだ」

と言った。それから、シャワー浴びてくるね、と言ってバスルームに消えた。高之は起き上がって窓辺に行き、真っ暗な琵琶湖の湖面を眺めていた。眠ったからか、それとも妻の顔を見てほっとしたからか、昼間運転していたときの、あの大げさな嘆きの気持ちは消

えていた。

2

夫の様子がいつもと違うことに、沙和子は気がついていた。熊谷から車で来ることに無理があったのだと思った。

「大丈夫？」

沙和子はかれを気遣って言った。高之は、

「なにが」

と憤慨したように答えた。

「疲れた？」

「そりゃ疲れるよ」

「そうだよね」

「ああ」

「何キロあるんだっけ」

「五〇〇キロ。もっとあったかもしれないけど、大体そのくらい」

「電車にした方がよかったかもね」

決して悪気で言ったわけではないのに、口元に持って行こうとしたコップが止まったのを沙和子は見た。高之の表情も、まるで時間が止まったかのように動かなかった。

やがて高之は苦手教科の課題を嫌々終えたような表情になり、

「来ちゃったんだから仕方ないだろ」

と言った。

「ごめん、変な言い方して」

沙和子は空いている方の手にそっと触れて言った。その手はいつになく冷たかった。

「多分俺が間違ってるんだ」

「疲れてたのに、ごめんね起こしちゃって」

私だって朝一番の飛行機移動だったし、慣れない京都だったし、結婚式で疲れてるのに、
そう思ったが彼女はそれらを吐き出すことを諦めて、胸の奥に一旦しまった。

「どうやってきたの？」

「えっ」

「高速、何高速使ってきたの？」

「藤岡まで関越道。そこから上信越、長野道、中央道で小牧から名神」

「静岡経由じゃなかったんだ」

「あっちの方が車が多いと思ったからさ」

どうして機嫌が悪いのか彼女にはわからなかった。

だが原因を考えるのはやめた。せっかく久しぶりの旅先の夜なのに憶測にとらわれるの

は愚かだと思ったからだ。

「燻製食べる？　美味しいよこれ」

スライスしたエゾシカの燻製を広げたティッシュの上に並べながら沙和子は言った。

高之は答えずに立ち上がった。そしてバスルームに入っていった。バスタブに湯を溜める音が聞こえた。

どうして怒っているのだろう。一体何が気に入らないのだろう。

だがすぐに、高之は戻ってきて、沙和子を真面目な顔で見つめた。

「どしたの？」

「別に俺のこと、責めたわけじゃないんだよな。車で来るなんて疲れるに決まってるのにバカだって言ったわけじゃ、ないんだよな」

そのとき初めて、得体の知れない不安が胸に湧いた。そんなことを言う高之をこれまで見たことがなかったからだ。

「そんなこと言うわけないでしょ」

沙和子は笑顔を作って言った。

「助かるよ、車で来てくれたら。明日一緒にあちこち回れるじゃない。車がなかったらすごく大変だよ」

高之はふっと子供のような表情になって俯いた。

「俺、風呂入ってくるわ」

「ゆっくり入ってきなよ」

「うん」

夫がバスルームに入ってから、沙和子は窓辺に立ち、湖畔の形に広がる夜景を見下ろしながら溜息をついた。


翌朝、朝食を終えてすぐにチェックアウトした。もうちょっとゆっくりしてても大丈夫だよ、と沙和子は言ったが、高之は、

「ゆっくりしたら、ほんとに出られなくなるから」

と言って車のキーを持って立ち上がった。昨夜のような苛立ちは感じられなかった。沙和子は化粧品をまとめて荷物に仕舞い、バッグを持って立ち上がると、部屋を出て行こうとしている高之の腕をつかまえて首筋に軽く唇をつけた。

高之は照れくさそうに笑うと、沙和子のスーツケースのハンドルを持ってドアを開けた。

駐車場から出ると、太陽が眩しかった。高之は手探りでダッシュボードからサングラスを出した。沙和子は日焼け止めを入念に塗ってくるべきだったと思った。

県庁所在地ではあるが、日曜日の朝のことで車の通りも少ない。

「大津って明るい街だね」

沙和子は言った。

「琵琶湖で、視界が開けてるからかな」

「うん。なんか大きな窓がある部屋にいるみたい」

「琵琶湖が窓ってこと？」

「そう。光がたくさん入ってくるから」

採光のために効果的なのは、窓の幅は狭くても高さを取ることだ、と聞いたことがある。熊谷の家の台所も、窓の高さを変えたら明るくなるのだろうか。

「滋賀が一軒の家だったら」と沙和子は言った。「一つ一つの部屋が別の街で眺めは全部違ってて、でも家のなかが明るくて風が通る感じかな」

「たしかに。琵琶湖基準にしたら日の出と日の入りの景色が全部違うんだもんな」

なるほどねえ、と頷いていると、

「構造的に言えば琵琶湖は中庭だよな」

と高之が付け加えた。

「そっちの方が正しいね」

「屋根が立派な家が多いよね。昨日から思ってたんだけど」

沙和子は言った。

「屋根？」

「瓦屋根だけど、構造が複雑じゃない？」

ちょうどいい住宅があったので、それを指さして説明する。ただの入母屋《いりもや》屋根ではなく、寄せ棟になっていて角度の違う屋根が何枚も組み合わさって構成されている。

「寺みたいだな」

「凝ってるよね。ふつうの家なのに」

見ると家ごとに屋根が少しずつ違っている。景色の奥行きはその形から生まれるのかもしれなかった。

「気がつかなかった」

関東ではよほどの豪邸でもなければ見られない眺めだが、ここでは多くの家に屋根のある数寄屋門がついている。このあたりのひとが熊谷に来たら、屋根に個性がなくて退屈な風景だと感じるかもしれない。

「北海道はね、門がないんだよ」

「ああ、雪が積もるからか」

「地元の人は北海道はオープンなんだって自慢してたけど」

「除雪するときに邪魔で仕方ないからなんだろうな」

良かった、高さんの機嫌が戻って、と沙和子は思う。

車は琵琶湖の西側を北上する。高之は時計回りに大津から琵琶湖を一周するつもりなのだ。今日の宿は彦根市で、明日は近江八幡を経て草津まで行く予定だ。そこで別れて沙和子は電車で関空に向かい、高之は名神から帰ることにしていた。

高之は朝からしきりに、どこかでコーヒー飲みたいと言っていたが沙和子がピックアップしていた大津市内の小綺麗なカフェは、どこものんびりしていて午前十一時からの営業なのだった。二人はコンビニで飲み物を買って飲みながら地図を確認した。相当日差しが強くなってきていた。

「純喫茶行きたいなあ。分厚いトーストが出てくるようなとこ」

「高さんそういうのって嫌いじゃなかったっけ」

「そんなことないよ」

しばらく会ってなかったからかな、でもそんなに簡単に趣味が変わるものなのか。大きな窓のある家にいるのに、高之は窓のそばではなく、隅の暗がりに身を潜めようとしている、そんなイメージが浮かんだ。

「滋賀県なのに敦賀ばっかり出てくるな」

道路上の青看板を見て、呆れたように高之が言った。運転していない沙和子は気がついていなかった。

「比叡山には行かないの」

「うーん」

高之は少し表情を曇らせた。

「せっかくこんないい天気なのに寺はなんか暗い気がして」

いつもはそんなことを言うひとではないのにと沙和子は思う。

「じゃあ、やめとこうね。時間もないし」

湖周道路の信号待ちで、自転車や原付で集まった若者たちが楽しそうに談笑しているのを沙和子は見た。よく見るとこれから釣りに行くのかそれぞれに道具を持っていて、竿やルアーなんかを見せ合っているようだ。

「楽しそうね」

「いいよな、子供のときから釣りができる場所は」

「食べられる魚かな?」

「バスじゃないかな」

沙和子が首を傾《かし》げると高之は「ブラックバスだよ」と言い直した。

見たい場所をリストアップして高之に渡していたものの、沙和子には位置関係がさっぱりわからない。

「滋賀って有名な街が多くて難しい」

「時計で覚えればいいんだよ」

高之が言った。

「大津が朝の七時だっただろ、高島が十時、長浜がお昼、米原が一時、彦根が二時、近江八幡が三時、草津が夕方の五時」

「実際走ってみたら時間的にもそんなものかな」

「さあ、どうだろう」

馬か、飛脚か、それとも未来の乗り物かなにかの速さがその時計盤にぴったりなのだろうか、と沙和子は思う。

「ふつうに国道走ってたら一番よく見る表示って四十キロなんだよ」

「どういうこと？」

「街と街との間が四十キロってことだよ。熊谷から大宮も、高崎もそう」

「え、なんで？　偶然？」

「一里が四キロだから。人間が歩く速さに合わせて宿場なんて作ってあるんだよ。だから街の距離が同じなのは必然だよ」

「マラソンの四十二キロもそうなのかな」

「発祥が違うけれど、どうなのかな。そもそも尺貫法《しゃっかんほう》だってインチとかフィートとかだって人間の身体由来の単位だからなあ」

道路がカーブにさしかかると、遠くに湖の中に立つ鳥居が見えてきた。写真で見たことのある白鬚《しらひげ》神社である。沙和子は「わあ」と声をあげたくなる。しかし高之は続けた。

「でもメートル法は地球由来なんだよ。北極から赤道までの子午線の長さを割って決めたとかなんとか」

「高さん、ほんと変なことだけはよく知ってるね」

「役に立たないことだけな」

高之はスピードを落とさずに白鬚神社の前を通過した。

「なんで通り過ぎるの」

「あーごめん。Uターンしようか」

「いいよ。先進もうよ」

沙和子はそう言って助手席から赤い鳥居を振り返った。

「次はどこ？」

「大溝《おおみぞ》城跡、じょうあとって読むのね。古式水道とか水路があるって」

だが国道161号線から脇道に入るところを、高之はまた通り過ぎてしまった。らしくもない、と思う。

「もっと前もって言ってもらわないと」

前もってと言われたって沙和子だって来るのは初めてなのである。

「道の駅、入ろう？」

高之は、道の駅なんて、それに反対側だから、などとぶつぶつ言ったが結局は沙和子の提案に従って、「藤樹《とうじゅ》の里あどがわ」の道の駅に車を入れた。

「疲れてるんでしょ？」

「いや？」

「運転、代わるよ」

「いいよ。人の運転好きじゃないの、知ってるだろ」

高之がまた目的地を通り過ぎてしまうかもしれない、と思った沙和子は、買ってきた地元の焼き鯖《さば》寿司と筍《たけのこ》ごはん、小鮎の甘露煮を休憩所で広げた。高之は殆ど箸をつけない。

「日差しが強いだけでも疲れるよね」

沙和子は言った。

「旅行なんだから、疲れたとか言ってても仕方ないんだけどね」

「もうちょっと、ゆっくりしてたらよかったね、ホテルで」

「いや、来たんだから動かないと」

やはりいつもの高さんではないのだ、と沙和子は思った。かれは相当参っている。参っているのに計画したから旅行に来なければならず、旅行に来たのだから動かなくてはならない。そう思っているのだ。

「明日別行動したっていいんだ」

唐突にそう言った。

「そんなのだめだよ」

「うん、でも俺といてつまらない思いさせるんじゃ申し訳ないと思って」

なにを言っているのだ、と思う。

「なにかあったの？」

「あれば言ってるよ」

「うちの親、大丈夫？」

「よくしてもらってるよ」

「仕事、忙しかった？」

「そんなでもない」

「痩せたでしょ」

「そんなに何もかも聞かないでよ」

大きな声ではなかったがそれは悲鳴に近かった。

「運転、本当に平気？」

「運転で疲れてるわけじゃないんだ。全く負担じゃない」

「でも、車から下りるのはめんどくさいんでしょ」

「……どうしてこんなことになったのか、自分でもわからないんだよ」

うつ状態かもしれない、と沙和子は思った。

同僚や部下のなかには、うつ病で休んだ人も決して少なくない。彼女はうつというのは気分が沈んだり行動意欲がなくなるだけのものではないことを知っていた。苛立ったり、いつも通りに楽しめない自分を責めたりする。そして他人も自分を責めていると思い込む。今の高之はそんな同僚に似ていた。

これ以上の質問はやめようと思った。自覚がなければ反感を買うだけだし、認識があったとすれば追い詰めることになる。

同僚に置き換えてみれば、体がきついのにハンドルを渡さないかれの気持ちもわかるような気がしてきた。車から下りることも面倒くさいほどなのに、何が楽しいかもわからないのに、義務感だけで付き添っているのだ。

そうか。

体がきついのに、かれは私に付き添っているのだ。

「なに？」

「ううん。大津とは景色がずいぶん違う感じだよね」

「家の感じが北陸っぽいのかな」

高島市の民家は濃い色の板壁と渋い瓦屋根の組み合わせが目についた。建物自体はシンプルになってきているような気がする。

「至るところに古い町並みがあるんだね」

「そうだな」

「関東とも違うし、もちろん札幌とも全然違うし、日常じゃないってことがわかるだけで、いいよね」

「なるほど」

集落が途切れると、一面の田んぼである。遮《さえぎ》るように土手があり、木々が植えられている。琵琶湖に注ぎ込む川は思ったよりも多かった。採石場やセメント工場があっても、橋を渡るときにのぞき込む川の水は澄みきっている。

いくつかの川を越えると、別荘地のような建物があらわれた。

「こっちは、リゾートなんだな」

高之が言う。

「マキノってスキー場とかもあるんじゃなかったっけ」

「道路に融雪装置がついてるから、かなり降るんだろうな」

「滋賀県でも雪が降るんだね」

湖岸はくっきりとした砂浜や岸壁であることをやめ、湿地の植物でやわらかく縁取られていた。山の別荘地とはまた違う、落ち着いた静けさがあった。

「どんな人なんだろうね、ここの別荘持ってる人は」

「京都か大阪のひとなのかな」

日ごろ賑《にぎ》やかな街で精力的に働いて、大きな声で冗談を言ったり笑ったりしている関西のお金持ちが、誰にも見せないような顔をして別荘でじっと暖炉にあたって過ごしていたらそれはそれで魅力的だ、と沙和子は思った。

湖周道路の県道54号線は、マキノの西浜で国道161号線と再び合流した。敦賀までの距離は二十三キロ、福井まで八十三キロの表示が出てくる。

「二十三キロって、山登ったら見える近さだよね」

「熊谷から本庄くらいか」

近すぎる、と言って二人は笑った。

琵琶湖を走りに来たはずなのに、このままでは福井県に連れ去られる勢いだと思った。

「長浜や米原まで何キロって出て来ないのな」

高之が言った。

「奥琵琶湖パークウェイ」との分岐点は小さな丘の前の信号だった。直進が敦賀・福井、右折が大浦。地味な交差点だがここから国道に重なっていた県道54号線が独立する。

「ずっと湖畔を行こうと思ったらかなり気をつけてないと、見落とすんだな」

まるで人生のようだ、と沙和子は言おうとしたが、茶化していると思われたら不本意なので黙っていた。けれども峠でもなんでもない、こんな小さな丘の迂回ひとつで人生が変わってしまうという気が強くしていた。

海津《かいづ》の湊町の通りを抜けると、一気に景色が山国のようになった。県道の左側は険しい崖になっている。ここでの琵琶湖は日本一大きな湖、という景色ではなく、むしろ山間部のダム湖のように細長く、そして青い。

「ここが琵琶湖の端なんだね」

「最北端はもう少し先だと思うんだけど、まあコーナーは曲がったよな」

奥琵琶湖パークウェイに入ると急に山道が険しくなった。葛籠尾崎《つづらおざき》を過ぎてもまだえんえんと山道である。

「下手くそが前にいるとこういう道はだめだな」

高之が言った。沙和子は密かに、東京人のくせに、と思う。何もなければ忘れているが、熊谷の人間になりきったような口調でよその悪口を言うのを聞けば必ず思い出すのだ。

「デートみたいでいいじゃない」

沙和子は笑った。

「こっち通らずにショートカットしとけばよかったよ」

むっとした顔で高之は答える。それでも、月出峠《つきで》展望台に入ると車を停め、助手席に回ってドアを開けてくれた。

「なんて珍しい」

沙和子はそう言って外に出る。風がぐっと涼しく爽やかに感じた。

湖の幅はぐっと狭くなっていて、その対岸に街があった。

「あれ、彦根？」

「長浜じゃないか」

思いがけなく広い市街地が見渡せる。北陸と関西を隔てている山が、ここで終わるのだ、と沙和子は思う。のんびりと展望を楽しんで振り返ると、高之はがっくりとベンチに座っていた。

「どしたの？」

「ごめん、俺疲れたわ。こんなとこでなんだけど、あそこまで運転するのかと思ったら」

冗談かと思ってのぞき込むと、ひどい汗をかいている。これは自律神経だなあ、と沙和子は思った。

　何もいらないという高之をその場に置いて沙和子は展望台の売店に行き、ソフトクリームとお茶を買った。クロスバイクのツーリングの連中が楽しそうに笑い、カップルが見つめ合っているのを横目で見て、小型犬を連れてきていた老夫婦と少し話した。車に戻ると高之はシートを倒して横になっていた。

「運転、代わるよ」

　全開の窓ごしに、沙和子は言った。

「いや、大丈夫。もう少し休めば大丈夫だから」

　高之は人から大丈夫と聞かれるのは嫌いなくせに自分では言うのである。人から言われれば「そんなことを聞いて何になるのだ、何もできないくせに大丈夫と聞いただけで満足するのか」と食ってかかることすらある。沙和子はときどきその言葉を口にしては叱られる。そして、自分から「大丈夫」と言うときは、殆どがそうではないとき、手遅れのときである。風邪であれば発熱してしまった後で、なおかつかまってほしくないという意思表示だ。

　難しい人じゃないけれど、難しいところもあるなあ。

「いいから。ここに泊まるわけにもいかないでしょ」

　そう言うとやっと、のろのろとシートを起こしてそれから、ドアを開けて出てきた。

「久しぶりだなあ。腕が鳴ります」

そう言って沙和子はエンジンをかけた。

「あんまり変な運転しないでくれよ」

助手席に納まった高之が言った。

峠の下りは一方通行だった。カーブと勾配はあるけれど、対向車の心配はないので走りにくさはない。

「さっきね、犬連れた人と話してたの」

沙和子は言った。

「いいな犬。俺も飼いたい」

それは熊谷に来てから、何度か高之が口にすることだった。高之もさびしいのかもしれない、と沙和子は思うがどうしても、前の犬が死んだことを思い出してしまう。

「まだ、思い出すと悲しくなるんだよね」

「まあ、今からじゃ俺の方が先に死ぬかもしれないからなあ」

「縁起でもないこと言わないでよ」

すると高之は、頭の後ろで腕を組んだ姿勢のまま、

「呼吸するだけでつらい」

と言った。

沙和子はギアを落とし、スピードを控えてかれの顔色を窺《うかが》った。特別悲壮な顔をしてい

るわけではなかったが、彼女の視線を受けとめたかれは低い声で言った。

「俺、うつ病なのかな」

沙和子は前方に視線を戻し、少し間を置いてから言った。

「そうかもしれないし、違うかもしれないけど、具合が良くないのはたしかだよね」

まだ十分に早い時間だったが、予定を変更して彦根のホテルに早めに入ろうと提案した。だが、高之は承諾しなかった。

3

山を走っていたときの高之は、頭の中に冷たい汚泥《おでい》を詰められたような不快を感じていたが、長浜に着いて車を下りるときには不思議と気分が軽快していた。一日のなかで、これほど波があるのが不思議だった。

なにしろ一つも予定を果たしていないのだ、高之はそれが気になって仕方がなかった。大津ではどこにも寄らず、比叡山にも行っていない。白鬚神社は通り過ぎてしまい、ずっと走っていただけなのだ。まるで言い訳と泣き言を言うために来たみたいだと思う。

長浜で会う予定の友達と言っても、共通の友人がいるだけで面識はないのだからキャンセルしてもかまわない、と沙和子はしきりに言ったが、これで、沙和子が折角の約束までキャンセルするようでは申し訳が立たない、とかれは思った。先を急いでホテルに入っても、何も楽しくはないのだ。

かれにとって気がかりなのは、帰路のことだった。行きですらつらかったのに、帰りの体力がもつのだろうか。たとえば風邪で熱を出している状態に近いと仮定したら、五百キロの距離は無謀である。かと言って、怪我をしているわけでも痛みがあるわけでもないのだから緊急事態とは言えないのだ。

自分をどう扱っていいのか、かれはまるっきりわからなかった。

長浜の商店街が面白いらしい、ということは沙和子から聞いていた。黒壁スクエアと呼ばれる再開発の拠点のそばに、小さな横町があるのだろうという程度の認識しかしていなかったかれらは、車を置いて歩き始めてから、驚いた。

「川越と、どうだろう」

かれは声をひそめて言った。沙和子も目を丸くして頷いてみせた。

立派な造りの町屋が生かされた商店街は二本のメインストリートにしても、その間を結ぶ通りにしても活気があった。

「うだつだっけ、あれ」

建物の端を区切るような防火壁を見て沙和子が言った。

「うん。うだつが上がらないのうだつ」

どんな字を書くのだったか。思い出せない。

高之は一軒の町屋の前で立ち止まり、沙和子に言った。

「俺、ここ入るわ。そっちが終わってから、後で待ち合わせしよう」

「高さん、ちょんまげにするの？」

たしかに何代か前までは髪結い処《どころ》だったのかもしれないが、三色のねじり棒も出ているし、江戸時代よりもむしろ昭和の匂いのする理容室である。

「床屋、行きたかったんだ」

時間を潰すにもうってつけである。我ながらいい考えだと思った。

沙和子と別れて店に入ると白衣を着た初老の理容師に前の客が髭をあたってもらっているところだった。かれは入り口に近いコーナーにある茶色のソファに腰を下ろして週刊誌を物色しながら順番を待った。二十代の頃からかれは美容院に行くようになっていたが、目に入るものはかれのなかにある、床屋の記憶のままだった。違うのは理容師の言葉だけだった。椅子に座ると、問われるがままにかれは、「暑いので有名な熊谷」から来たこと、妻の用事が済むまで時間があったことなどを話し、滋賀の言葉は江州《ごうしゅう》弁と呼ばれていること、このあたりは湖北方言と細分化され、さらに湖北地方と言えば美味な米で大変有名であることなどを聞いた。

城について尋ねると、理容師はさらに饒舌になり、てきぱきと鋏《はさみ》を動かしながら豊臣秀吉が初めて築いた城が長浜城だったこと、有事の際には琵琶湖と疎水を通って京都まで移動することが可能だったことなどを話した。

かれは持ち前のほがらかさを取り戻したような気分になって外に出た。「おおきに」という言葉が珍しい土産物のように体の中に響いていた。そして朝から、なぜだかこだわってずっと探していた純喫茶を遂《つい》に見つけ出し、コーヒーをすすりながらやっとこれで一日を終わらせることができる、と思った。

夕方の四時に、大通寺《だいつうじ》の境内《けいだい》で待ち合わせた沙和子は、

「床屋さんの匂い」

と笑った。その顔を見ただけで高之には、彼女が十分に楽しんで来たことがわかった。沙和子は車に戻ってハンドルを握ると、今日訪ねた家と友人の話を、彦根に着くまで話し続けた。その家が乾物を扱う古い商店だったこと、蔵のある坪庭にすばらしい春紅葉があったことや、物売りが来たり商品を運ぶための船が行き交う裏通りの役割をしていた米《よね》川《かわ》の水路のこと、ほの暗い土間のたたずまいや、おばあさんが住んでいたという離れ座敷まですっかり見せてもらえたこと……まるで物語を聞いているようだと高之は思う。長浜から彦根まで大した距離でもなかったのに、最後のあたりをかれはよく覚えていない。軽く揺り起こされるとそこはもう、宿だった。

朝の琵琶湖には霞《かすみ》がかかっていて対岸は見えなかった。彦根城の天守閣から眺めた竹生《ちくぶ》島《しま》は、空に浮かんでいるように見えた。

彦根城に隣接した玄宮園《げんきゅうえん》にも人影は少なかった。

「彦根から帰った方がいいんじゃない？」

歩きながら、沙和子は気遣わしげに言った。

「いいよ、草津まで行くから。大した距離じゃないよ」

「でも往復したら一〇〇キロくらいあるでしょ？」

沙和子の言う通りなのだった。今から帰った方が体力的にはいいに決まっている。だが、二人でいる時間が惜しかった。もしも彼女が新幹線で帰るのなら、名古屋まで一緒に行くこともできるだろうし、あるいは東京まで一緒に来てしまってもいいのだろう。だが彼女は関空からの飛行機のチケットを持っているのだ。

そして、いくら玄宮園がすばらしく、落ち着くと言っても、一日そこで潰すことはできないのだった。どこでお茶を飲んでも、ごはんを食べても、せいぜい一時間か二時間しかいられない。移動することでしか、残りの時間を一緒に過ごすことができないのだった。旅というのはなんと不自由なのだろう。まるで独身時代のようだ、とかれは思う。いや、あの頃でも三日も一緒にいたら、別れ際がさびしくても離れるときは多少なりとも自由でわくわくする気がしたものだ。

なぜこれほど、何も決められないのだろう。どうやって切りあげるのか、いつ帰るのかが決められない。どうしてこんなことになったのか。

「名神は早い時間なら空いてるだろうし、中央道は山道だけれどそんなに負担じゃないんだ。長野道なんかむしろ走りやすい。嫌なのは上信越だよ」

高之は口に出して言った。

「上信越まで来たらもう熊谷まで帰ってきたようなもんじゃない」

と沙和子は答える。

「軽井沢からが嫌なんだよ」

かれは言った。

「長野から群馬に入ったあたり。トンネルを出たらまたトンネルだろ。夕方なんか走ると、トンネルを出るたびにどんどん出口が暗くなっていってさ。下り坂の急カーブなのにみんなスピード出してるだろ、やけっぱちみたいに」

「あの辺はたしかに、危ないよね」

沙和子が言った。だがかれが言いたいのはそういうことではなかった。トンネルを出たら光が見える、そういう世界であってほしいのに、現実にかれが生きている時間は、トンネルをいくつ出ても、暗くなっていくばかりなのだ。それなのに周囲はどんどんスピードを増していく。だが、うまく言葉にできなかった。

二日前に通った湖周道路のさざなみ街道は、もうすっかり知っている道のようだった。

「琵琶湖って移動してるんだぜ」

高之が言った。

「え?」

「昔は三重県にあったんだ」

「どのくらい昔?」

「何百万年前とか。地殻変動で動いたり消えたりしながら今の場所に来たんだ。で、将来は日本海まで繋がっちゃうらしい」

湖南を走りながらかれは、小高い丘を見てあれはもともと島だったのか、それとも地殻変動で持ち上げられたシワのようなものなのか、と考える。地図上では湖南から甲賀にかけて、湖沼《こしょう》が散らばっているのが確認できる。琵琶湖の軌跡かどうかはわからないが、激しい地殻変動の影響であると考えるのは妥当である。

「敦賀まで二十三キロだったもんね」

「まあ、その間に山もあるしね」

「海にぶつかったら、琵琶湾になるの?」

「もしも、そのときにまだ人類がいれば」

「魚はびっくりするだろうね」

海水が入ったら大絶滅が起きるのかな、だが湖水と海水が混じり合うまでには相当な年月がかかるのだろう。

草津本陣は東海道と中山道《なかせん》が合流する地点の宿場であった。東海道は国道1号線だし、中山道と聞けば熊谷のかれらは17号線を思い出す。だからここから帰らなければならないような気がする、と高之は口にしてから、いくらなんでも言い訳としては弱いと思った。いつまでも一緒にいたいのだ、とは言えない。帰りたくない、とも言えない。それで高之は、

「ちょっと歩こうか」

と言った。

駅前に車を停めて商店街を歩いて行くと、高い土手が見える。そこには高架下の連絡通路のようなトンネルがあって、それをくぐった先がこぢんまりした宿場の町並みになっていた。土手の上を通っているのは、最初は電車かと思ったが、案内板に出ているのは旧・草津川だった。

沙和子はあまり気乗りのしない様子だったが、高之は土手の上に登る道を見つけて上がっていった。

そこは河川の跡だった。

水は低い方に流れるのに、土手を積み上げて治水を行った結果、河床が上昇し、付近の街の二階の屋根よりも高いところを川が流れるようになったという。現在の草津川は水路を変えて、廃川になっている。

土手に挟まれた土地は公園として整備されるらしく、重機がところどころで作業を行っ

ていた。

天井川というのはこういうことか。

「なにもかも、あべこべみたいだな」

かれは言った。天井川という存在も、街を分断してしまった後に廃川になってしまったことも、東京で分岐した東海道と中山道がここで再び交わることも、別の世界のことのように思えた。

そして、本来一緒に住むために結婚した自分が帰る場所が妻の実家の敷地の離れであり、妻は反対方向から飛行機に乗らなければならないこと。

「私だって、札幌に帰りたいわけじゃないよ」

沙和子が言った。

「ごめん。わかってほしかっただけなんだ」

高之はとても恥ずかしい気がした。

宿場の風景は国道1号線でおわりだった。

「あれ、神社だよね」

と沙和子が言いながらマップを広げる。

「参拝したら、帰ろう」

高之は言った。

立木《たちき》神社の境内に足を踏み入れた途端、空気がしんとして目が覚めるような気がした。すぐ外を交通量の激しい国道が通っているとはとても思えないのである。

二人は並んで参拝した。沙和子の柏手は澄んだ音だったが、高之の打った手の音はまるで響かなかった。

「おみくじ、買ってくるね」

沙和子が言った。高之は境内の中にある土俵を見てから手水舎《ちょうず》の方へ引き返し、そこで沙和子が来るのを待った。ほかに参拝客もなく、あたりは完全に静まりかえっている。攪拌《かくはん》された空気の流れと、さざめく鳥の鳴き声を感じたのは殆ど同時だった。

高之は、強い風に煽られたような気がした。驚いてふり向くと、目の端から小鳥の群れが一斉に飛び立った。雀の子ほどの大きさだったが、胸から頭にかけては明るい黄色の羽毛で覆われている。

ほんとうにこの世のものだろうか。

そんなことを思わせるほどきれいな鳥だった。立ち尽くしていると、いつの間にか横に沙和子がいて笑っている。

「マヒワだったね」

「え？」

「今の鳥」

「現実の鳥じゃないみたいな気がしたんだ」

「うん、神様のお使いでも見たような顔してた」

そう言って沙和子はまた笑った。

「ねえ、高さん一人じゃ無理だよ」

高之はその言葉を無視しようとした。すると彼女は少し大きな声で言った。

「私、飛行機キャンセルして熊谷に帰ります」

「えっ？」

仕事はどうするんだよ、と言いかけると沙和子は言った。

「夫が遠くにいて、精神的につらそうなんです。交通安全の神様でもちょっと面倒みきれないようなんです」

「やめろよ、なんで敬語なんだよ」

「神様に聞こえるように」

ばかなことを、とかれは呟いた。

「でも、逆だったらそうするでしょ？　会社休んででも、一日や二日仕事が遅れても、家族を病院に連れて行くでしょう？」

「だけど実際……」

「ううん。あとは明日考えるからいいんです。そういうイレギュラーだってたまには、あるよ」

沙和子はとても簡単なことのようにそう言うと、高之から車のキーを奪ってしまった。

そして、国道の青信号を渡ると天井川の土手に向かって歩き出した。

何か忘れていやしないか、自分に落ち度はないのか、高之は浮かび上がって来る問いを読みかけの本のように閉じて、妻の後を追った。

4　居留守の世界

二〇一四年七月

1

カルテの画面を見ながらキーボードを叩いている医師の、見事にカールした白髪を高之は眺めていた。ロックな頭だなあと思ったのだ。ミュージシャンか、それともアメリカのホームドラマの脇役か、昔の浅草あたりの踊り子でもありうる。不思議と悲壮感は消えていた。

やがて医師はくるりと椅子ごと回転すると、髪の毛と対照的に黒々とした太い眉《まゆ》を動かして、

「中程度の鬱《うつ》ですね」

と言った。

横に腰掛けていた沙和子が膝に置いた拳をぎゅっと握りしめたのがわかったが、高之に

とってそれは予想していたことだった。鬱の診断はクリニックに来た時点で求めていた答えでもあった。これで気のせいだ、自分が大げさな態度を取っているだけなのだ、と思わなくて済むことにかれは安堵《あんど》した。だが何を以て中程度なのか、鬱にサイズがあるのかとも訝《いぶか》った。

「仕事は休みましょう。とりあえず三ヶ月」

そのとき初めて高之は、事態を甘く見積もっていたことに気づいた。十日か二週間、薬を飲んで寝ていればいいのだろう、と思っていたのだ。

「長期休暇はとれないんです」

だが医師はかれの弱々しい言い訳をはっきりと否定した。

「いえ最低三ヶ月ですね。様子によっては四ヶ月、半年と延びる可能性もあります。病気というのは、そういうことですよ」

高之は言葉を失った。

「いつから休めばいいですか」

横に腰掛けていた沙和子が声を発した。

「今日からですよ」

「無理です、そんな」

「職場に、連絡してみます」

と沙和子が言うと、医師は大きく頷いて言った。

「そうしてください。必要があれば職場の方には僕の方から説明しますよ」

「環境の変化が原因じゃないと思うんです」

高之はまだ納得していなかった。

「嫌なことがあったわけじゃないんです。たしかに馴染めてはなかったけれど忙しくもなかったし、そんな病気になるほどのことは」

医師はカルテから目を上げて、高之を見た。もうわかりました、という顔だった。

「寝付きをよくする薬と、気分を和らげる効果のある薬を出しますから、それ飲んでみて一週間後にまた来てください。最初は口が渇いたり少し違和感があるかもしれませんが、慣れますから」

高之は俯いた。

他人であれば珍しいことでもない。以前勤めていた学校でもうつ病で休職している者はいた。だがその者には身内の死というれっきとした理由があった。

かれにとって、休職とはすなわち失職のことだった。正規職員ではなかったからだ。

高温の湿った空気が重くのしかかってくるようだった。クリニックを出ると、二人は黙って、はす向かいの調剤薬局に向かった。パチンコ屋と交換所のような距離感だと思ったが、自分の気分にも、今の状況にも似つかわしくないと思って言わなかった。

調剤薬局でもずいぶん待たされて、やっと出てきたときには一日の終わりのように疲れきった体から汗が噴き出した。

「雪くま、食べていこうよ」

沙和子が言った。

「ゆきくま?」

「熊谷のかき氷」

「かき氷かあ」

路地を入ると、菓子屋があった。ノコギリ屋根が可愛らしい白い建物だった。「雪くま」と書かれた紺色ののぼりがはためいている。

「前までいかにも老舗《しにせ》って感じだったんだけど」

こんなまっ白な店、一人だったら気後れして入れないだろう、と高之は思いながら沙和子の後を追う。

内装もこざっぱりしていた。和菓子と洋菓子が仲良く並んでいるショーケースの脇のレジで「雪くま」にかけるソースを選んだ。沙和子は宇治抹茶を選び、高之は迷った末に甘酒味の権三ソースに決めて、奥のイートインに席を取る。

渋い和食器に盛りつけられて運ばれてきた雪くまは、降り積もったばかりのほんとうの雪のようで、手づかみで口に入れてみたくなった。もちろんほんとうにやったら、甘酒のソースはべたべたするだろうけれど。

「今は治すことだけ考えようよ」

不意に沙和子が言った。

かれが幼い頃の雪の記憶をたどっている間も、沙和子はずっと自分のことを考えていてくれたのだった。

「あとのことは治ってから考えても大丈夫だよ。私も一緒に考えるから」

「でもいないじゃん」

なにかあったら間に合わない距離なのだ。

そう言いたかったが、甘えるにもほどがあると思った。

沙和子は常識的な対応をしてるだけなんだよなあ、とかれは思う。けれども彼女の正しさの前に何も言えずに辞めていった部下だっているんじゃないか、あんなに大きな会社なんだから。そして沙和子は偉いんだから。

俺はすっかり僻《ひが》みっぽくなってしまった。俺には養ってもらう価値なんてないんじゃないか。俺に寄生されたら義実家だって迷惑だろうに。

「高さんは大丈夫だよ」

沙和子が言う。

大丈夫だったら悩まないよ、と声をあげそうになって、こらえた。なぜ悩んでいるのかと言えば、病気になったから悩んでいるのであって悩んだから病気になったわけではない。

「仕事辞めるんだったら、俺、家のこともっとやるよ。畑の手伝いとかさ」

「それじゃ休む意味がありません」

「でも俺だって、それにさ」

「親には私が言います。高さんは何もしないで休んで」

「そうはいかないだろ」

「病気ってそういうものでしょう。たとえばの話、三十八度の熱がある人に家事なんて任せられますか」

「でも熱はないわけだし、なにもしないのは、俺がつらい」

「それは代わってあげられないからねえ。つらくても休むしかないんだよ」

「うーん」

「逆だったら」

「え？」

「もし私が高さんと同じ状態だったら何もするなって言うでしょ？」

「言うね」

「あと、病気になったことで悩むなって思うでしょ」

「うん思う」

「じゃあ、そうして」

溶けかけた氷をスプーンで集めながら、高之は、なんでもないことを楽しめる日々なんてもう二度と来ないのではないか、と思っていた。旅行の計画に夢中になった。本を読むのが好きだった。酒を飲んで笑っていた。新しく興味を持てそうなことを見つけるのが嬉しかった。でも、なにがどう楽しかったのか、思い出せないのだ。二度とそんな日は来ないと思うのだ。

「うまくいかない時期もあるよ」

沙和子が言った。彼女は巨大なかき氷を食べ終わって、満足げな顔をしていた。

「気休めにしか聞こえないかもしれないけど」

仕事を休んで、聞き分けのない自分につき合ってくれる妻に申し訳ない、と思うとまた涙が出そうになった。どうしてこんな自分に変わってしまったのか。

いや。

かれは頭を振って、食べきれない氷を残すことにした。

「お義父さんたちにケーキ買っていこうか」

おしぼりで手を拭いて、立ち上がった。

2

ずっと後になって沙和子は、自分のいない家で夫が毎日テレビばかり見ていると聞いたときには本当に驚いた、と言った。高之本人もなぜだかわからないままそうしていたのだ。もともと、かれはテレビが好きではなかったから、特に気に入った番組を録画する程度で、あとはニュースしか見ていなかった。

一日中具合の悪かった時期が過ぎてから、かれは母屋に意識的に顔を出すようになった。以前のように、意思とは無関係に涙がはらはらとこぼれたり、簡単なことが思い出せずに滝のような汗を流したりすることがなくなったから、義両親との時間が持てるようになったのかもしれなかった。そんな時期が長く続いてかれは不調を不調とも感じなくなっていった。夕食のあとは義両親が寝る時間になるまで、居間で過ごした。

沙和子がよく言っておいてくれたのであろう、義両親は病気についても、かれの生活についても、そして三年半しか続かなかった仕事のことについても何も言わなかった。それは高之にとってありがたいことだったが、不自然なことだとも十分にわかっていた。

かれは沈黙を怖れた。

テレビは食卓の沈黙を埋めてくれた。ドラマの展開がおよそわかりきったものでも、バラエティの騒がしさが空疎《くうそ》であっても、型にはまっているというのは安心できることだったのだ。かれは主に義母とたわいない会話をすることでほっとしていた。彼女は社会と他人に対して健全な関心があり、実の娘以外には寛容さも持ち合わせていた。義父は控えめで保守的だったが、デリカシーがあった。テレビの前でのかれらは素直でいられたし、番組を見ていれば時間は確実に過ぎ、自分の不本意さを責める暇はなかった。そして一緒に見ている義両親は「いわゆる家族」であり、その関係は単純化された。嫌な気分になる番組があってもチャンネルを変えれば、どこかに必ず「かれら家族」の落としどころがあるのだった。

妻の実家で、妻に養われている立場のかれにとって、お金を使わないということも大きかった。新聞やネットを見るときには、かれは自分を傷つける記事から身を守らなければならなかった。ＳＮＳでは疎外感しか感じなかった。高之はネットを見て苛立つよりもテレビの前で受動的になっていることを選んだ。

夜中になって母屋が寝静まってからやっとかれは腰を上げ、やっと一日が終わったことにほっとして、そして今日もなにもしなかった、と思うのだった。なにもしなかった一日が終われば、またなにもしない一日がやってくる。どうやってこの罪悪感から逃れたらいいのだろう。

3

横浜から電車に乗り込んで渡部《わたべ》鈴香《すずか》は、ああほっとした、と思う。両親は自分を信用して一人で日本に来させてくれたのに、父方の祖父母の家は思っていたよりもずっと窮屈だったからである。横浜のあの家ではまるっきり子供扱いだった。ドイツと日本の十四歳は、そんなに違うのだろうか。あちこち案内してくれるのはありがたかったが、結局横浜では行きたいところにも行けなかった。

夜になると彼女はミュンヘンの友達（時差があるのでむこうの時間では昼過ぎだった

が)とのスカイプに愚痴を書いた。あと数年したら本当の一人旅をするのだ、親戚と会うのはいいけれど何日も厄介になるのはかなわない、と彼女は言った。日本じゃなくてもっと別の国に行けばいい、好きなところで過ごせばいい、と友達は言った。そしてもう一方の滞在先の心配までしてくれたが、そこには大好きなおばさんがいるからきっと大丈夫、と鈴香は答えた。沙和子おばさんは、鈴香の母親のいとこである。ミュンヘンの家にも来てくれたことがあるし、実際に会うよりずっと前から、クリスマスには日本の絵本やすてきなカードを送ってくれていた。おばさんは今、仕事で札幌という街にいるけれど、祭に合わせて故郷の熊谷に帰ってくる。それはとてもわくわくする祭なのだ、と彼女は言った。

横浜から熊谷までは在来線で、乗り換えもない電車に乗った。そのまま乗っていれば一時間半ほどで着くはずである。

熊谷の、沙和子の両親は大伯父、大伯母にあたるのだが、鈴香は「熊じい、熊ばあ」と呼んでいる。最初「熊ばあ」はいやがったが、今では笑っている。駅に着いてから電話してくれたらいいよ、と熊ばあが言っていたから、途中下車してもいいなと思っていたが、ぼうっとしていたらあっという間に電車は東京を走り抜けてしまっていた。

「沙和子おばさんはいつ、戻って来るの?」

熊谷駅まで車で迎えに来た熊じいに聞くと、明後日だという。

会ったらあれも話そう、これも話そうと思っていたので、少し気が抜けた。

「高之おじさんなら家にいるよ」

「でも……」

「ずっと体壊してたんだけど、やっと元気になってきたからね。明日は鈴香ちゃんどっか連れて行くって言ってたよ」

熊谷の高之おじさんと鈴香は三年前に一度だけ会ったことがある。もっともそのとき彼女はまだ小学生だったから、挨拶をしただけだった。

夕飯のときになって高之おじさんはやっと、離れから母屋にやって来た。

「前に、お人形のサブレをもらいました」

かろうじて覚えていたことを言うと、高之おじさんの顔が明るくなった。

「よく覚えてるね！　それ、行田《ぎょうだ》の踊る埴輪のサブレだよ」

「はにわ？」

「埴輪っていうのは、古代人が作ったんだ」

あまり可愛くない人形だった。そのときはへんなの、と思った。けれども可愛くないと口に出して言ってしまったら、はにわも高之おじさんもかわいそうな気がした。今見たら面白いと思うかもしれない。

「味は覚えてないけど」

「そりゃ、何年も前のことだもの」

高之おじさんは病みあがりであまり元気がないと聞いていたが、鈴香が見た分にはふつうに見えた。優しくしてあげなければいけないのかと思っていたので、少し安心した。沙和子おばさんの旦那さんだからといって、特にかっこいいわけでもないし、クールでもない。とぼけた感じのひとではある。

翌朝、鈴香は早起きして熊じいと一緒に畑を見に行き、いんげんやきゅうりの収穫をした。高之おじさんは、鈴香たちが朝食を食べ終えて少し経ってからやって来て、

「早く出ないと交通規制始まるかな」

と言った。

「どこ行くんですか?」

「川島の遠山記念館」

高之おじさんはそう言ってから、はあ、という顔の鈴香を見て、

「案外みんな知らない」

とつけ加えた。熊じいが、いいところだよ、と言った。そして、七時から駅前で「初叩き合い」だから早めに帰っておいで、と言った。日本の祭を見るのを彼女は楽しみにしていた。

夏の郊外の景色だった。日差しは強くて白く、日陰や丘陵の緑のなかは黒っぽく見えた。乾いた道路の先の方に現れる逃げ水を鈴香は目で追った。

「俺こっちの出身じゃないから、うちわ祭って最初わかんなくてさ。叩き合いなんてビンタでもするのかと思ってたんだ」

高之おじさんが言った。鈴香はくすっと笑った。

「どこから来たんですか」

と聞くと、東京だと言う。なぜ東京のひとが熊谷に来たんだろう、と考えていると、

「東京出身って感じしないでしょ。こっちの方が合ってるんだよ」

と言った。

「これから行くとこってなんの記念館なんですか？」

「日本の古い家。そういうの好き？」

「わかんないですけど。日本昔話みたいな？」

「そうとも言えるし、全然ちがうとも言える」

「江戸時代？」

「いや、昭和なんだ」

「じゃあ新しいんだ」

「うん、でも八十年くらい前だよ。ヒトラーが総統になった頃」

鈴香はおお、と言って眉をひそめた。

川島町は思いの外、遠かった。昨日電車で通ってきた桶川のそばらしいがよくわからな

い。高速で来ればよかったかな、と高之おじさんはぶつぶつ言った。

近くまで来てから、また迷った。なにもない道から高速の側道に入り、信号で曲がって役場を過ぎ、平成の森公園のまわりを走っても手がかりはなく、元の道に出てやり直した。

「こんなに何もないのに、なんで見つからないんだ」

高之おじさんは苦笑いした。

「田んぼの中にあるとか？」

「だとしたら看板があるはずなんだよな」

「マップ見ます？」

「近くまで来てることはたしかだからわかると思うんだけどな」

やだなあ狭い道は、と言いながら高之おじさんは農道のような道に入って行き、

「絶対に、こっちじゃないぞ」

と宣言したが、まさにその道を二分も走らないうちに遠山記念館の駐車場が見えてきた。

「うそでしょ」

高之おじさんは甲高い声を出した。鈴香はその反応につられて笑った。

駐車場の向かいに紫がかったピンクの花が咲いていた。鈴香は「わあ」と声をあげる。濠のような四角い池を緑の葉が覆い尽くし、鞠《まり》のような花が至るところに咲いているのだった。水面に浮かんでいる、というだけで気高い感じがした。

「これって、蓮の花？」

車をロックして出てきた高之おじさんは、うん蓮だね、と言ってから、

「いやだなあ、こんな極楽浄土みたいなのは……」

と、心底悲しそうな顔をした。

鈴香には、なぜきれいな花を見て高之おじさんが嫌な気持ちになるのかがわからなかった。


立派な長屋門をくぐると、正面に茅葺《かやぶ》き屋根が見え、右手には蔵があった。

「先に美術館を見ようか」

蔵が、美術館になっているのだった。高之おじさんは入り口で料金を払い、おつりと一緒に小さなビニール袋をもらった。

「梅干しもらった。あとで食べよう」

鈴香は首を傾げた。梅干しはおにぎりに入っているものと思っていたからで、そのまま食べるという習慣はなかったし、ましてや美術館で手渡されるなどとは思ってもみなかったからだ。

蔵の美術館の中はひんやりと涼しく、珍しい焼き物がたくさんあった。少し古くさくも見えるけれど、外国のものも日本のものも、きっととても高価なものなのだろう。

「織部《おりべ》だよ、これ」

茶碗を見て鈴香が首を傾げていると高之おじさんは言った。

「これが全部個人のコレクションっていうのがなあ」

南米の壺、イランの碗、珍しいところに行ってなんでも買ってきてしまうお金持ちの土産物を見ているような気がした。

「でもさ、これなんかシリアだよ。もとの場所にあったら内戦で失われてたかもしれないんだよなあ」

「失われた？」

「粉々になってたってこと」

シリアが内戦で大変なことになっていて、たくさんの難民がヨーロッパに来ていることを鈴香はよく知っていた。いつか平和になったら誰かがこれを返しに行くのだろうか。

遠山邸は、それぞれに意匠を凝らした東棟・中棟・西棟の三棟を廊下で繋いだ住宅建築で、建坪は四百坪を超える。父方の祖父と一緒に行った鎌倉の寺のようでもある。人が住んでいた家だ、という実感が鈴香には湧かなかった。

「これ、造るのに三万五千人の職人さんが入ってたんだって」

「三万五千人！」

「延べ人数だから、一度に入ったわけじゃないんだけど」

「お城みたい」

邸宅のなかはエアコンもかけていないのに涼しかった。どこを見ていいか見当がつかな

くて鈴香がきょろきょろしていると、

「天井も欄間も、全部の部屋が違うから、気をつけて見てごらん」

と高之おじさんは言った。

ランマというのは、襖や障子の上のレールになっているカモイという横木と天井の間の壁に設置されている透かし彫りや障子のことらしかった。どんな字を書くのか鈴香には想像もつかない。なんで全部違うのだろう、違わないと気が済まないのかな、と思った。去年家族でフランスに行ったときに見たベルサイユ宮殿も全部が違う部屋だった。あまりにも豪華だと鈴香は疲れてしまうが、日本建築は畳の部屋だし、襖や掛け軸も地味な色で何が豪華なのかもよくわからない。

「バスケットみたい」

鈴香は上を見て、小さな声で言った。

「ああ網代《あじろ》天井ね」

「家にもほしいな」

高之おじさんは、鈴香ちゃんはお目が高いね、と言う。

「ここは、一度は没落した家を、お金持ちになった息子さんがお母さんのために建てた家なんだ。だから最高のものを作ったらしい」

高之おじさんが言った。

「お母さんは、それで嬉しかったんでしょうか」

「そりゃ喜んだんじゃない。あ、水琴窟があるよ」

「スイキンクツ?」

勝手知ったる他人の家、と言いながら高之おじさんはガラス戸を開け、縁側から手水鉢《ちょうずばち》の方に手を伸ばし、柄杓《ひしゃく》で水をすくって地面に注いだ。

すると小さな鐘のような音が聞こえてきた。最初は気のせいかと思うような繊細な音がだんだんはっきりと聞こえた。楽器の弦をはじいている感じでもある。まさか水をかけたら音がするとは思わなかったので驚いた。

「地面のなかに空洞が作ってあってそこで響くんだ」

単純で小さな音なのに、なぜかすっと心に入ってくるようだ。

「ちょっと、涼しい気持ちがしない?」

「不思議だね」

次の部屋も、その次の部屋も畳の座敷である。床の間があり、掛け軸が下がっている。

「どこに座っていいかわからなくて迷いそう」

「椅子がないからね」

鈴香は囲炉裏《いろり》が切ってある部屋の、ヘリのない畳の上に座ってみる。気持ちがひんやりする。この家もからっぽだ、と彼女は思った。こんな大きな家を与えられてお母さんは本当にさびしくなかったのだろうか。

ずいぶんくねくね歩く家なんだな、と鈴香は思う。

「なんで、廊下が半分だけ畳なの」

「さあ、なんでだろう」

半分から板貼りと畳敷きに分かれた廊下は裸足用とスリッパ用なのだろうか。

「影がたまる場所がたくさんある」

鈴香が言うと、高之おじさんは、

「へえ」

と感心したように言った。

「俺なんか忍者が出そうだって言いそうになった。昭和だから時代違うんだけどね。よかった言わなくて」

「言ってるじゃん」

「言ってない言ってない。なんで俺の心の声が聞こえるの？　おかしいなあ」

鈴香は笑った。

「ねえ、トイレも展示してるよ」

こんな家に住んでいた人もやっぱりトイレには行くのだと気がついて、鈴香は面白く思った。そして人が使っていたトイレをありがたがって見ているのも可笑しかった。

トイレを出るととても立派で厚みのありそうな板で出来た扉があって、その奥が蔵になっていた。

「ここは大事な場所だね」

「ああ、土蔵だからね」

「財産が入ってる」

高之おじさんは、ほんとだ、一番力入ってるわ、と言って感心していた。

遠山記念館を出たのは、一時を回ってからだった。

「お昼過ぎちゃったね。何食べたい？」

横浜では本気にしてもらえなかったことを鈴香は言った。

「ラーメン」

「ラーメン？　この暑いのに？」

「私日本で一番食べたいのラーメンだから」

そう言うと高之おじさんが、なるほど、という顔になった。

「何ラーメンがいいの？」

「なんでもいいです。でも今食べたいのはこってり系かな」

「２５４で探すか、17号で探すか。とりあえずよさそうな店あったら入っちゃおう」

高之おじさんはそう言うと、車を発進させた。２５４という道らしかった。鈴香にはどちらの道もわからなかったが、初めて旅をしている感じがする、と思った。

「横浜でラーメン博物館、行った？」

「行かなかったんです。わざわざドイツから来てそんなとこって言われて」

「わかるけどなあ。俺なんか海外行ったら一番食べたくなるの、ラーメンとカレーだから」

「横浜はちょっとつらかったです」

「なんで？」

「ドイツ語喋ってみてとか。日本はどうですかとか」

「そんな漠然としたこと聞かれても、ねえ」

高之おじさんが共感するように、言った。

「「ばくぜん」てどういうことですか？」

「広すぎるってことだけど。答えがたくさんありすぎて選びきれない感じかな。却《かえ》ってこっちがぼんやりするよ」

「でもなんで、聞くのかなと思います」

「話がボールだったとして、パスを渡してしまえばあとは君がドリブルしてシュートしてって話じゃない？」

「ああ」

「つまり手抜きだよ」

「いいですね、私も使います」

そんな漠然としたこと、と鈴香は口に出してみた。大人っぽい言葉だと思った。

「あれ多分、ラーメンだよ。あの店入ろう」

信号の向こうの赤い看板は熊本ラーメンの店だった。

豚骨と鶏ガラのだし、太麺が使われているラーメンを、汗をかきながら食べて、鈴香は満足した。さあこれから帰ってお祭だ。


帰りの車で少しうとうとして、目を覚ますと、

「もう熊谷市内だよ」

と高之おじさんが言う。道は渋滞していた。

「沙和子おばさん、明日は来れるかなあ」

「うーん、多分あとで連絡来ると思うよ。あのひとのことだから」

奥さんのことを「あのひと」というのはちょっといいじゃない、と思った。

「明日もラーメン食べようよ」

「俺はカール先生に会いに行かなきゃだから、だめ」

「カール先生？」

「お医者さん」

高之おじさんが病気をしていたことを思い出して、鈴香は神妙な気持ちになった。

「病気って、もう大丈夫なんですか？」

「だめな日は、全然だめだな。今日は大丈夫だったけど」

直感が、なにか危うさのようなものを感じ取っていた。病名は何ですかとは聞けなかった。知らない方がいいのかもしれないし、沙和子おばさんに聞けば教えてくれるのかもしれない。

鈴香は言った。それから、ずっと言おうと思っていたことを家に着くまでに言わなければ、と思い息を吸い込んだ。

「私も、自分が本当にいるのかって思うことあります」

高之おじさんはうん、と言ったが、もう笑わなかった。

4

家に戻ってきた高之は強い疲労を感じて、祭に行くのはやめた。鈴香と義両親が三人で出かけてから、かれは自分のねぐらである離れに戻って布団に入ったが、眠剤はなかなか効いてくれなかった。久しぶりに遠出したせいもあるのだろう、体はだるいのに頭だけが妙に冴えてしまっていた。

どうして好きでもないのに見てしまうのだろう、と思いながらテレビのリモコンに手を伸ばした。

ドラマでは主人公の仲間が物陰から悪役が語る真意を覗き見している。この世界ではいつものことだ。覗き見や立ち聞き、鞄の中やスマートフォンの盗み見が、真実を暴く主要な手段である。悪者は偽りなく自分の心のうちを語る。劇中でそれが咎められることはない。

なんだろうなこの世界は、と考える。

もしも現実だったら俺は、「ソビエト連邦さながらの相互監視と密告」などとレッテルを貼ってしまうのだろうけれど、今の俺はすんなりとテレビの世界を受け容れてしまうのだ。無果汁のジュースをオレンジやレモンと呼んでしまうように、抵抗なくついていけるのだ。それは、本来自分には計り知れないような他人の気持ちをキャストがわかりやすい表情やふるまいで表現してくれるからなのだろうか。絶対的な善悪以外に、見解を持たなくてもいいからなのだろうか。俺はそうあってほしいとどこかで望んでいるのだろうか。

いやちがう。

俺は既に現実の世界で居留守を決め込んでいるのだ。

それなのにまだ偉そうに、九〇年代で思考停止してしまったような価値観を批判しようとしている。ちゃんと生きている沙和子と、同じ土俵にいるふりをしようとしている。病気で働いていないからではない。もっとずっと前に俺は俺の人生から下りてしまったのだ。俺はもう、とっくにどこにもいないのだ。

かれは苦しくなって寝返りを打った。

5 猫の名前

一九九八年十一月

1

夜が明けた、という気がまるでしない。

バスは深い霧のなかを走っていた。高之は曇った窓を指で拭き、バスを追い越していく乗用車のテールランプが遠ざかり、かき消えるのを見ていた。

こういうのを「現実感がない」というのだろうか。何度か浅い眠りを繰り返した後で、目が覚めたという実感もなかった。夜行バスを選んだ時点から覚悟していたことではあるが、この一日がきつくなることは間違いない。余力があれば帰りも、と思ったが帰りは途中まででもかまわないから新幹線を使いたい。なによりも今は早くバスを降りて、身体を伸ばしたかった。

対向車線の向こうは霧に閉ざされ、街らしいものを見ることはできなかった。夜中に東京駅を出たバスはもう何百キロも走っているはずなのだが、時間も場所もほんとうに連続しているのだろうか、とかれは思った。

ほどなくしてバスは盛岡インターを下りた。下道に入って信号待ちで停車するたびに、後ろの方の乗客が支度を始める気配が感じられたが、会話らしいものは聞こえてこない。出張なのか、帰省なのか、ほかの乗客はどんな思いでバスに乗っているのだろう。

盛岡のバスセンターで、かれは夜行バスを下りた。十一月の半ばのことで、外はしっかりと冷え込んでいた。学割を使うのはこれが最後になるのだろうか。年が明けて論文を出したら卒業まであっという間なんだろうな。

2

その日、高之は十時半になっても大学の二号館ラウンジに姿を見せなかった。

「あいつ時間だけは守るのになあ」

寛ちゃんが言った。

「風邪でもひいたんじゃね」

日野が言った。沙和子は黙っていたが、誰か電話したら、ということになって席を立った。

案外あっさりと高之は電話に出た。

「布施です。高さん、今どこにいるの?」

「岩手」

「いわて?」

家出たところだとか渋谷だとか、そういった答を予想していたので沙和子はのけぞるほど驚いた。

「それって岩手県にいるってこと?」

「ああうん。旅行」

なんだか気まずそうにかれは言った。なんで旅行? 今日来るって言ってたのに、と責める口調が出そうになる。沙和子はラウンジから離れ、抑えた声で言った。

「私たちずっと待ってたんだけど。学校で」

「今日? なんかあったっけ」

「みんなで卒論の話しようって言ってたじゃん」

「あれ、そうだったっけ。今日か、それ」

「忘れてたの?」

「ごめん! それ俺すっぽり抜け落ちてたわ。ごめんごめん」

「もう」

言いながらなんとなく身体から力が抜けてきた。すると高之はこう言うのだった。

「でも、大丈夫だよ。卒論なんて、どうせ一人で書くものなんだから」

それは自分に向かって言うことであって、私に言うべきじゃない、と沙和子は思った。

高之にはそういう自他の区別がついていないが故の失言がたびたびあった。

「でも、みんなで話した方が、いいものできると思わない？　先生に聞いたことも情報交換できるしさ」

「まあね。何にしても、忘れてたのは俺が悪かった」

「それにゼミの仲間で集まるのも、もうそんな何回もないじゃん」

「そりゃ、みんな卒業してバラバラになるんだから仕方ないよな」

高之は明るい声のままそう言った。

「しかし君は、好きだね人の輪とかそういうの。聖徳太子みたいだ」

腹を立てるのがだんだんばからしくなった。

「岩手のどこ行くつもりなの？」

「今日は盛岡にいるよ」

「へえ」

「さっき、肴町《さかなちょう》のミッシェルのタマゴコッペ食った。旨かったよ、タマゴサラダが山盛りに入っててさ」

なにを言っているのか、さっぱりわからない。

「え、なに？」

「パン屋なんだけど、なんか肴町のミッシェルって猫っぽいよな」

「なんで猫なのよ」

沙和子は呆れて少し、笑った。

高之がまったく違う空間にいるのだ、ということがわかった。すっぽかされて腹を立てている大学の自分たちと、東北で旅を楽しんでいるかれとの間に接点など、もとからなかったような気がしてきた。

「雪は？　大丈夫なの？」

「雪はない。けど霧がすごい。視界悪いよ」

お土産買ってきてよね、と言おうと思った瞬間、高之は「あっ」と声をあげた。それから、

「ごめんバス来たから、また」

と言い残して電話が切れた。

高さん、今一人じゃないんだ！

沙和子は思った。

誰かと一緒だったんだ、それで気まずそうなのだ。

でも誰かって、誰だろう。

彼女は仲間のところに戻って、

「高さん、旅行だってさ。なんか随分勝手なんですけど」

と報告した。

留年はしない、と高之は言っていた。とりあえず卒業はしないと、うち母子家庭だからさ。

また、別のときにはこう言った。

俺は君らみたいに崇高《すうこう》な目的持って生きてるわけじゃないから。ポイントポイントで特典拾ったりとかステージクリアとか興味ないんだ。どうせ勝てっこないしそんなモチベーションもないし。君らすぐ将来将来言うけど、こんな時代いつまでも続かないだろ。五年前にこうなるってわかってたやつ、どれだけいたのよ。

今から思えば、後がなくなって苛立っていたのかもしれない、と沙和子は思う。

就職氷河期という言葉はいったい、いつ誰が使い始めたのかもわからない。ともあれこんな時代になるとは誰も予想していなかった。それは突然やって来たのだった。かれらが、ものを考え始めた頃にバブルが崩壊し、世の中は変わった。有効求人倍率は一気に低下した。景気が悪いのはかれらのせいではなかった。努力が足りなかったわけでもない。日本中が狂騒したバブルの尻ぬぐいを、若いかれらが背負っていくというのはどう考えても納得がいかなかった。

沙和子は銀行から内定をもらったが、就職活動は楽ではなかった。最後まで正社員の職が得られなかったり、大幅に妥協した同級生も少なくないなかで決して贅沢は言えないが、社会に出てからのことだって明るい見通しはまるでなかった。そして、どこの会社を受けに行っても、自分とは相容れない、すぐ上の世代の社員がいたのだった。景気が良かった時代だから社員の数も多いのである。ほんの数年の違いだというのに、見栄っ張りで拝金主義のバブル世代の連中はどうしてこうも不快なのだろう、と思った。さんざんいい思いをしたのに、見苦しく落ち込んだり、そうかと思えば変に楽観的だったり、昔を懐かしがったりする。頭が悪いわけではない。頭を使わずに楽をしようとしているだけなのだ。

数年前には神戸の震災と地下鉄サリン事件があった。学生時代の終わりと世紀末が連動しているように感じて不安になった。

自分は絶対に失敗できない、失敗できる状況ではない、女だから余計にそうだ、と思った。

でも、本当は失敗したことがないから失敗できないのだ。人に負けたことがないのは自分が強いからではなく、むしろ弱さを見せまいとした結果なのだ。いやというほど自覚しているからこそ愚かさを嫌った。

最初の頃は、高之のこともばかなんじゃないかと思っていた。

3

旧盛岡銀行は国の重要文化財に指定された後も「岩手銀行旧本店本館」として現役で営業していた。赤レンガ造りの建築の設計は辰野《たつの》金吾《きんご》と葛西萬司《かさいまんじ》である。辰野金吾といえば東京駅丸の内駅舎の設計者として知られる。その東京駅は、盛岡出身の総理大臣原敬が暗殺された場所なのだ。出発点と終点がゆるくリンクされているのが感慨深いことだ、とかれは思ったが、すぐにそれは国内の多くの場所が戦災で焼失したり、あるいは取り壊されてしまったこの国だから起きる感慨であり、もしもヨーロッパだったらなんでも残っているのが当たり前なのかもしれない、と思い直した。

文化財の説明板を読み終わったかれは、目を上げて驚いた。僅かな間に霧が晴れて日が差し、モノトーンの世界が突然、カラーに変わったような気がしたからである。

この世界が色を得た瞬間だ、と思った。

中津川《なかつがわ》はきれいな水の流れる川であった。護岸工事をされていない自然の河原が街の中心部を流れていることを高之は新鮮に感じた。橋の途中から左手を望めば、麓《ふもと》に雲を抱いた岩手山が顔を出している。見慣れない山だったが立派な姿であった。

城址《じょうし》公園を過ぎると飲食店の多い繁華街に入る。高之は喫茶店で、デイパックから地図帳を出して眺めた。思ったよりもずっと街が複雑な構造をしていて、駅との位置関係がわからなくなってしまったからだ。かれがいるのは市内を東西に走る「大通《おおどおり》」で、中津川沿いの市役所から、「大通」と並行して走っている道が「中央通」である。「大通」は一方通行で道幅はむしろ狭い、「中央通」の方が立派な道のようである。それらと垂直に交わっている南北の通りが有名な「映画館通」だった。盛岡駅はそこから少し離れていて、北上《きたかみ》川《がわ》を渡った場所にあった。中津川、北上川、そして雫石川《しずくいしがわ》と三本の河川が合流することも頭に入れておかないと、ますますわからなくなりそうだ。

時間は十分にあった。かれは喫茶店から出ると原敬の旧別邸の跡を探して歩いた。盛岡の街は、かれの知っているほかの場所とは異なる、真面目で重厚な味わいがあった。

雪が積もるとここはどんな感じになるのだろう。

かれは、外国の絵本に出てくるクリスマスの風景を思い浮かべた。そして、生まれてこの方一度も口に出して使ったことはないが、「エレガント」という言葉がふいに浮かんだ。外国の男なら、なんのてらいもなく、街に対しても、男に対してでさえエレガントという言葉を発するのだろうと思ったりもした。

駅からは矢巾《やはば》営業所行きのバスに乗った。原敬《はらけい》記念館は、北上川の西側の地域にあって盛岡駅や繁華街とは離れている。バス通りから少し入ったところに、現存している生家の一部を生かして建てられた記念館を見つけることができた。

来館者の入り口とは別に保存されている渋い門扉のそばには、ちょうどいい高さの楓《かえで》の木が見事に紅葉していた。紫に近いような深い赤や、もっと明るく鮮やかな赤、そして強い黄色。もともと庭師を入れるような立派な家だからなのか、中心街よりも色のコントラストが強く見える気がした。

講演会に集まってきた面々は、年配の人ばかりだったが、雰囲気はごく和やかだった。

やがて椅子が並べられた一角で「原敬の生涯」という講演が始まった。講師は公立小学校の教員だったという学芸員で、気恥ずかしげな微笑とやわらかな物腰が印象的だった。しかしながら郷土の偉人の生涯についての話しぶりは歯切れ良く、話はわかりやすかった。

本名の読みは「ハラ・タカシ」であるが、地元では親愛の情をこめて「ハラケイさん」と呼んでいる人が多いという。「平民宰相」の呼び名で有名な原敬だが、祖父は南部藩の家老だった人物で、次男であるかれが士族から平民となったのは十九歳のときである。十二歳のときに戊辰戦争があり、南部藩は幕府側となって敗北した。原敬の雅号「一山（いっさん、いちざんなどとも読む）」は、「白河以北一山百文《しらかわいほくひとやまひゃくもん》（福島県白河市より先は山一つで百文の価値しかないという意味）」と薩長を中心とする新政府側から見下されたことに対する反骨精神のあらわれだという解説に、高之は思わずにやりとした。反骨精神を思わせる事件は、全寮制の司法省法学校に在籍した時代にもあった。「賄征伐《まかないせいばつ》」と呼ばれるエピソードは、寮の食事が十分でないことに対する訴えであり、その結果放校という重い処分を受けた原敬は、二十三歳で新聞記者となる。ここからが、短いと数ヶ月、長くても数年という転身の繰り返しとなる。

郵便報知新聞の記者となったかれは、堪能だったフランス語の翻訳から八十本もの社説を書いている。生涯を通じて一貫した考えとなる「公利（私的なものではなく、公の利益）」について学んだのもこの頃であった。

ここで大隈重信が登場する。あたかも天敵のように重要な局面で繰り返し現れる人物である。大隈が郵便報知新聞を買収した後、原は新聞記者を辞めることになった。その後は井上馨《かおる》外務卿との出会いを通じて外務省の官僚となり、天津領事、パリ公使館書記官を歴任する。パリからの帰国命令を発するのも大隈重信である。帰国後、農商務省や外務省のポストを経た原は、朝鮮特命全権大使となるが、またしても大隈からの帰国命令を受けて辞任する。四十代で大阪毎日新聞の社長となった原は、読みやすい紙面の工夫や家庭欄の採用など、さまざまな工夫をこらして発行部数を三倍に増やすことに成功したが、僅か三年ほどで立憲政友会に参加するために退社することになる。盛岡選挙区から衆議院議員として初当選したのが四十六歳、古河鉱業の副社長を務めていた時期には最初の妻貞子と離婚、五十歳で内務大臣となる。

二人目の妻である浅と結婚した原は、五十二歳のとき自費で欧米視察を行い、特にアメリカの発展に驚嘆する。三期の内務大臣を経て政友会の総裁となったのが五十八歳。このときには第一次大戦や、対華二十一箇条要求など大隈内閣の外交失政を徹底追及することになる。

米騒動でお手上げとなった寺内内閣を倒閣した後、原は大正七年に内閣総理大臣に就任した。政党政治の確立、教育改革、シベリア撤兵や軍縮会議などの外交政策を進めた原はしかし、大正十年十一月四日、東京駅丸の内南口で暗殺される。享年六十五であった。

なんという忙しい人生だろう。

講演が終わって、常設展示の手紙や日記を見ながら高之は溜息をつく。

このひとにはいかなる「隙間の時間」があったのだろうかと思う。波瀾万丈な生涯を送り、異例の若さで出世もした。合理的で新しい考え方をしているのに、生まれたのが早すぎたのだろうか。質素なのにお洒落であり、クールながら情に厚いとされる人物を、ヒロイックに捉《とら》えるファンが少ないことは意外だった。映画や時代小説のヒット作がないからなのだろうか。それとも、感傷に訴えるような苦労話が見えないからなのか。当然人の何倍も苦労して勉強もしているだろうに、スマートすぎて重々しい感じがないのだ。ポーカーフェイスなのにシャイなのである。

内閣の面々が揃った写真でも、原はなぜか端の方で少し目をそらしている。

かっこいいのになあ

心が強かったんだろうなあ

自分のまわりではあまり注目されていない人物や物事を知ると、高之は「メシが何杯でも食えそうだ」と思うのである。卒論に日米通商交渉の関税と自由化の問題を選んで、牛肉だのオレンジだのちまちまやっているんじゃなかった。専門が違うから仕方がないけれど、あの膨大な日記だの解明されていない暗殺の裏側だのを研究して卒論が書けたらよかったのになあ。

4

日野はアルバイト、寛ちゃんは合コンがあるというので、卒論対策の打ち合わせは、夕方の早い時間にお開きとなってしまった。

久しぶりに顔を合わせた面々と飲みに行くつもりだった沙和子はもてあましていた。熊谷に帰るには、もう少し時間をずらさないと帰宅ラッシュで一番混む時間になる。貧乏くじをひいたような時間帯だ。

高さんがいれば、どうせ暇だしつき合ってくれたのに。

次の瞬間に思い出したのは、一学年下のあずみちゃんのことだった。

「来週、私いないんです」

意味あり気な笑みを浮かべて言ったあずみちゃんは、高さんと一緒なのではないだろうか。あの笑いはそういう計画があるという意味だったのか。

沙和子としては高さんとはほかにも話したいことがあった。社会人になったらするべきことはなにか。ずっと実家で暮らしていて大丈夫なのかということ。地面が傾くように世紀末へとなだれ込んでいくようなこの時期の不安のこと。

高さんは女に嫉妬するような人ではないから安心して何でも話せるのだった。

私は高さんに嫉妬しているのだろうか。

自分の将来が見えないのに飄々《ひょうひょう》と旅に出てしまうような高さんのこと、そしてあずみちゃんともし一緒だったら。調子にのった姿が想像できて、なんだか憎らしいような気がした。

二人で映画やライブに出かけているというような話を、彼女からも高さんからも聞いた。あの二人はつき合っているのだろうか。

けれどもあずみちゃんはしたたかなひとだ。女友達としてはすごく面白いけれど、見た目もすごくきれいだけれど、高さんなんかじゃついていけないよ。

なんで私はこんなこと思うようになったかって、それは夏休みのときに空港まで迎えに来てもらってからなのだ。もっと前から、仲間のなかでは特別に贔屓《ひいき》されている感じはあったけれど、やるじゃん、男高之一歩前に出たじゃん、と思ったのだ。私はあのとき、別のひとにふられて落ち込んでたけど、そこにすっと入ってきた高さんがいつもよりかっこよく見えたし、じゃあ私頼っていいのかなって思ったのに。

でも、それっきりだった。

ただ私が困っているように見えたから助けてくれたってだけなんだ。

もう本人は忘れているのかもしれない、でもちょっとした好意を感じたのは本当のことだ。好かれてるとはずっと思ってたから、ちょっと自惚《うぬぼ》れていたくらいなのに、いつの間にか自分の方が次のステップはなんだろうと期待してしまっていた。

自分がとてもいやだと思う。高さんのこともばかみたいと思っていたけれど、自分はもっとばかで、みっともないと思う。

5

次の日、高之は盛岡駅でレンタカーを借りて、遠野に向かった。

国道396号線は古い街道だった。交通量は少なく、運転していてストレスのない道だった。高之は慣れない峠や雪の残った道があることを怖れていたが、路面はドライで、勾配も緩やかだった。丘を越え、たわむれるように近づいたり遠のいたりする川を見ながらかれは走った。駐車場や空き地のような場所でりんごだの野菜だのが売られていた。もしも自分が盛岡の学生だったら、自転車で遠野を目指していたかもしれないとかれは思った。青看板で目的地までのキロ数がどんどん減っていくのを見るのは、距離が稼げるようで気分がよかった。

いい店だったなあ

高之は昨夜のことを思い出していた。

食事をしに入ったのは小さな常連ばかりの店だったが、お通しで出してくれたツブ貝のおでんも良かったし、塩味のホルモンもびっくりするほど旨かった。女将さんに聞かれて、東京から原敬記念館を見に来たのだと言ったら、常連のおじさんたちが「原さんは故郷の偉人だ」と言って喜んだ。高之にしたらその「故郷の偉人」という言い回しの方が珍しく、羨ましく思えた。

遠野までは高速よりも国道を使った方がいいということも、おじさんから聞いた。国道

396号線は「ミクロ」と覚えるんだと教えてくれた。皆さん口々に遠野はいいところだと言うんだが、どこがいいと具体的には言わない。柳田國男のことになると、難しい話になるのは困ったという感じになるし、今は紅葉だと言われてもどこもかしこも紅葉である。だから結局「遠野はいいところ」ということしかわからなかった。

ともあれ楽しい夜だった。

めがね橋の白看板を見つけてかれは県道に入った。まるで海沿いの半島を横断するようなゆるい丘をひとつ越えると国道283号線とのT字路になる。

宮守川《みやもりがわ》橋梁は釜石線の宮守駅からすぐの場所で、国道と宮守川を渡る鉄道橋だった。かれは車を停めて河原に下り、五連アーチの橋を眺めた。もっと険しい山が迫っていたり、あるいは大きな建物でもあれば小さな橋に見えるのかもしれないが、穏やかな景色のなかで小さな川が弧を描く上にかかった橋は十分な存在感を示していた。古い橋桁《はしげた》も並んで残されている。

宮沢賢治の世界が生きている、と思った。ガイドブックを読んできたわけでもないのに、これが銀河鉄道だということは一目見ただけでわかる。中学生になってから図書館の隅で子供っぽいのではないかと気にしながら読み返したこともあるが、最初は絵本だった。子供の頃、寝る前に読んだのだ。かれは、布団から見上げた天井照明の蛍光灯を思い出した。今の新築ではああいう紐はもう、ないのだろうな。器具から下がっているプルスイッチの長い紐を一度引くとオレンジ色の小さな電球の灯りになり、もう一度引くと消えて真っ暗になる。あの感触と僅かな時間差が、もっと起きていたい子供の夜の終わりの手続きだったのだ。宮沢賢治の時代はランプだっただろうに、俺には俺のノスタルジーがあって、ちゃんと連動させてしまうのだなあと思う。

車に戻ろうとしたときに、かれは猫を見つけた。

駐車場の自販機の横で悠然と顔を洗っていたサバ猫は、かれが子供の頃に家で飼っていたミッシェルにそっくりだった。

かれはゆっくりと自販機に近寄った。ミッシェル似のサバはおまえさんには興味も用事もないよという顔でちらりとかれを見ると、ふいとどこかへ姿を消してしまった。

パン屋のミッシェルではなく、うちのミッシェルだった。

胸の奥がちくちくしたが、気を取り直してかれはペットボトルの紅茶を飲んだ。

釜石線に沿った道を走っているとやがて、猿《さる》ヶ石川《いしがわ》が見えてくる。いよいよ遠野物語の舞台だ、カッパが棲んでいるのはここか、と思うが具体的な伝承の話が浮かぶわけでもない。かれはそれほどカッパに興味があるわけでもない。比較的小さな山がいくつもあって、稜線そのものも穏やかだが、この季節は紅葉の色が高さに応じて横縞を作っている。

こういうのを景色を味わうっていうのかなあ

断崖絶壁も巨大な滝も古い町並みもない景色を、言葉で形容するとふつうになってしまうような景色を、ただ眺めていて飽きないのが不思議だった。川沿いの平地の面積と山との距離感によって、ある地点では視界がすっと広がるのだが、ゆるやかなカーブを曲がればその景色がたちまち変化して、視界がぐっと狭まる感じがする。その繰り返しはまるで、土地が昔話の展開のように開いたり閉じたりして、呼吸しているように思えた。

いや、俺が景色を呼吸しているのかもしれない
岩手には石川啄木がいて、原敬がいて、宮沢賢治がいて、そして柳田國男が来ていた。自分とは縁もないのに、かれらが見ていた景色を共有している気になってしまう。昔の景色だと思うと、余計なものがとれてバランスが整ったかたちで届くような気がするのだ。

南部曲《まが》り家《や》の豪邸・千葉家を見てから、伝承園とカッパ淵を回った高之は遠野の市街地に入った。かれは車を停めて、食堂に入った。店内は汗ばむほどのあたたかさだったので、冷麺を頼んだ。辛みと酸味がさっぱりしていて旨い。

国道283号線は花巻から来た街道で、盛岡からの国道ミクロ（396号線）と遠野で交わり、遠野を過ぎれば釜石だけでなく南は大船渡方面、北は宮古方面へと分岐していく。遠野は、ちょうど北上高地の南側に回り込んで内陸と海沿いを結んでいる交通と流通の要衝でもあったのだ。市立博物館で『遠野物語』関連の自然と歴史や、賑わう市の再現を見たあと、かれは一枚のモノクロームの写真に心を惹きつけられた。

いつ頃のものだろう。大正時代か、それとも昭和の中頃だろうか、もしかしたらもっと新しいものなのか。

浦田穂一《うらたほいち》という人の作品だった。

霧がかかる鬱蒼とした森である。しんと冷え切った空気が伝わってくるような森を切り開いた空間に、大きな馬が立ってこちらを見ている。ハンチングをかぶった馬方が小さな車輪のついた車に積み込もうとしているのは、巨大な丸太ではなく炭焼きに使うような木材だろうか。人間と比べるまでもなく、大きな馬である。見事な肩といい、もりあがった尻といい、ずっしりと地面を踏みしめる太い脚といい、力の塊のような馬なのに、完全なる静謐《せいひつ》さをもって佇《たたず》んでいた。まるで、馬と人間が共に生きてきた時代が過ぎ去るのをじっと眺めているかのような澄んだまなざしなのだった。動物しか知り得ないようなおそろしく長い時間の単位があるのではないかとかれはかつて、考えたことがある。

しがらみのない街で、特別なこともせずに過ごしていると時間の感覚が失われていく。進路が決まらない自分の不甲斐なさに、そして世間のことを軽蔑している自分に、瞬間ではあるがたしかに夢中になったあずみさんのがっかりするような俗物さに心を割く必要がない。

ここにいれば、自分が女々しいとか、いくじがないとかいうことには意味がない。

ポーズボタンを押したままでいたい。

そうしたら、無駄なものはリセットできるのだろうか。

だが、晩秋の早い夕暮れにさしかかった帰り道、高之はその考えを撤回することになる。行きには気がつかなかった地名を見て、なんとも言えぬ落ち着かない気分に陥ったのだ。

「迷岡」という地名だった。

なんと読むのだろう。「まよおか」だろうか。

夕方に道に迷って帰れなくなったことはない。現世の自分の体験ではない。けれどもぼんやりしているのに身体の奥から響いてくる不気味な太鼓のような、不穏なのになぜか惹きつけられてどきどきするような感じを、かれは受けたのだった。おそらくは『遠野物語』の、あるいは『注文の多い料理店』の影響だろう。悪い夢を見た子供がその日一日おどおどするようなものなのだろう。もしくはもっとずっと前の世代の記憶。たいへんに非科学的な言い方だが、集団生活をしていた猿が仲間のいる森に戻れなくなった、その頃からの不安だ。たとえば猫を見たこともないネズミだって猫の匂いだけで怖れるではないか。

原始的な恐怖と、日本人の心の故郷的な感覚が、共振してしまったのか。

いや、そんな大げさなものでもないだろう。昔、自転車であちこちうろうろしていたときに見つけた目黒の「碑文谷《ひもんや》呑川《のみがわ》」という地名だって世田谷の「祖師谷大蔵《そしがやおおくら》」だって気味悪く感じたものだ。沼袋や池袋だって薄暗い感じがしたし、その反対に大岡山っていうのは「お」が三つつくというだけで、なんだか神々しい響きが聞こえる気がした。関係ないがずっと後になって、受験勉強していた頃「おみおつけ」は漢字で「御」が三つだと知ったときには変にツボにはまって夜中に笑ってしまったものだ。今となってはまるっきり理由がわからない。俺は何をこんなに必死になっているのだろう。

もしも、迷岡というのがもしすごい美人の苗字だったら蠱惑《こわく》的でいいかもしれないが。

「迷岡」という苗字に合う女性の名をあれこれ考えながらかれは盛岡へと夜の道を走った。


その夜の宿は昨日の店のおじさんたちに教えてもらったところだった。安く泊まれる日帰り温泉施設が県内のあちこちにあるという。温泉旅館は高いものだという思い込みがあったから素泊まりだったらビジネスより安いと言われて驚いた。かれは盛岡駅でレンタカーを返して、簡単な夜食を買い込むとバスに乗った。時間的には三十分ほどの場所だったが、温泉は森のなかにあった。昼間は美しい場所なのだろうけれど、この時間にとても歩きでは来られないとかれは思う。街灯もあるけれど、都会と違って、影の色が濃い。それはもう、狐の子が幻灯をやると誘いにきても仕方ないと思わせるような黒い森なのだ。

温泉施設の建物は明るく、かれは灯りを見てほっとした。受付のおばさんもおっとりした優しい物腰で、町内会や老人会をやるような座敷の奥の六畳に案内してくれた。余計なものは何もついていないが、清潔な部屋だった。かれは早速浴衣に着替えた。

日帰り温泉で使われている大浴場は広く、ほかに客はいなかった。たっぷりとした湯はやわらかく包みこむようだった。

「運がいいなあ」

広い浴槽で身体を伸ばしながら、かれは長い溜息をついた。

運がいい、なんて思ったのは久しぶりのことである。そういえば、ゼミの連中は今日集まって卒論の話をしてたんだなあ

まるで別の時代のことのようだなあ

夢も見ずにぐっすりと眠れそうだと思った。

翌朝かれは起きてすぐ、温泉に入った。外は冷えこみがきついようだったが、たっぷり汗をかいて部屋に戻ってくると携帯が鳴っていた。別の世界からの電話だった。

「おはよう」

布施沙和子に、また君か、と言いかけてやめた。

「地震大丈夫だった？」

張り詰めた声で彼女は言った。

「え、さっきの？」

「岩手が震源って聞いて、ちょっと心配になって」

「ああ俺風呂入ってたけど、大したことなかったよ。平気平気」

それは本当のことだった。かれは脱衣場にいて、湯あたりでめまいがしたのかと思ったら体重計が細かく震えていた。その程度のことだった。

「ねえ。誰かと一緒なの？」

沙和子の声はこわばっていた。

「もしかして、あずみちゃん？」

「なんでそんなこと思いつくんだよ」

　高之は大笑いした。

「だって同じ時期にいないって言うから」

「そんなわけないだろ」

　盛岡駅に着いたら、沙和子に土産の菓子でも買おうと思った。


　新幹線に乗り込んで、行きのバスに比べたら夢のようだ、と思ったのは最初だけだった。明るく乾いた空間で、かれはこの数日間完全に忘れていた重苦しい気分に沈んでいった。スケルトンのビーンズウォークマンを取り出して音楽を聴こうとしたが、軽い洋楽はなぜかよそよそしく感じられてすぐにまたしまい込んだ。

　仙台に着く頃、かれは何の脈絡もなく白秋の詩を思い出して、頭のなかで口ずさんでいた。

「からまつはさびしかりけり／たびゆくはさびしかりけり」

　カラマツとさびしいしか出てこない詩で、湿っぽい印象しかなかったのだが、十年も経ってまだ記憶に残っているということは、言葉の響きがいいんだろうか。

　あれはどこのカラマツなんだろう。「落葉松」なのだから、寒いところの木ではないのだろうか。東北にも自生しているのかどうか、かれは知らない。

サバ猫のミッシェルのことを思い出した。あの猫がいたのは、かれが落葉松の詩を知ってなんとも言えない寂寞《せきばく》とした気分を味わっていた小学校の後半の時代だった。それまでもその後も一貫してお気楽な俺にとって、あのときはなにか、立ち止まって素直にものを感じているような時期だった。なぜ家には父がいないのかと兄に聞いたのはその頃のことだった。

ミッシェルがいた時期はそう長くはなかった。実家が、古い借家から今の団地へと引っ越しすることに決まったあたりで、いつの間にかいなくなってしまったのだ。最初はいつものように冒険に出かけているのだと思ったが、いつまで経っても帰ってこなかった。そのうちに引っ越しの日が来て、ミッシェルがかわいそうだと俺は泣いたけれど、そのうちに忘れた。あれ以来、猫を飼いたいと思ったことは一度もない

座席を少し倒しながら、かれはなんの根拠もなく思った。

あの猫は、ミッシェルは、俺になってくれたんだ

俺が感じていた、なにかの疎外感だとか、空しさだとか寂しさだとか、そういうものを全部引き受けて旅に出たのだ

そして俺が、久しぶりにいろんな昔のことを思い出したから、ミッシェルはあのめがね橋にふと姿をあらわしたのかもしれない。そして迷岡に消えていったのかもしれない

見ていないで名前を呼んでやればよかった。今となっては、ミッシェルなんて声に出して呼ぶのが気恥ずかしいなどというのは人間の都合でしかない

ほかの場所ならばとにかく遠野ならばありうることだと思った。

6 生きるスピード　二〇一五年十月

1

高崎線経由の上野東京ラインは神奈川県内で発生したポイント故障で遅延していた。電車は停まって扉を開けているものの一向に発車する気配がない。通勤の時間帯は過ぎているが、熊谷駅のホームは次々とやって来る乗客で溢れかえり、険悪な雰囲気が漂い始めていた。構内アナウンスでは、次の列車もすぐに到着するというのだが、この電車がはけてしまわないことにはどうにもならないだろう。

「とんぼがえりの妻と久しぶりに会うことになった」

文章に書くとしたらそういうことだな

ホームの端に佇んで高之は思う。

一緒に住んでいないというのは変なことだ。札幌に単身赴任している妻の沙和子に、東京本社での会議は昼には終わるからその後会いたいと呼び出された。その日のうちに札幌に戻らなければならないので熊谷の家には戻ってこないと言う。

これが「父親」であったならさらりとのみこめる。単身赴任の父が出張ついでに会わないか、と大人になった息子を誘う。かれは何度となくそういった想像をしたことがある。「妻」という言葉が合わないと思うのは、「あるべき姿」の押しつけに過ぎない。そして妻の実家に住んでいるかれは、沙和子に「こうあるべき」などと思ったことはない。そもそもこんな家庭の事情を文章にして話すことはないし、もっとどうでもいいことですら、話す相手がかれにはいない。

相互乗り入れに無理があるのだ。東海道線と高崎線・宇都宮線では路線が長すぎる。東京より向こう側のトラブルで埼玉県内の高崎線がにっちもさっちも行かなくなるたびに「とんだとばっちりだ」とかれは思うし、逆も同様だろう。あちらの住民だって埼玉や群馬、栃木の出来事で自分が遅れるなんてことは納得できないに違いない。

お互いの心の平穏のために、路線は短い方がいい。

そう思いながらかれは小田原行きの車両を眺めている。

車にすれば良かったとも思うが、首都高が渋滞していたら目も当てられない。沙和子だったらためらいもなく新幹線に乗るだろう。

子供の頃に想像した未来は、透明なチューブが高層ビルの並ぶ都市のなかに張り巡らされ、車とUFOを合体させたような乗り物が飛んでいるというものだった。三十年経ってまさかこんな満員電車や度重なる遅延が続いているとは誰も思わなかっただろう。

じゃあ、三十年後はどうなるのだ。

まさか、石のお金や粘土板が復活しているとも思えないが、案外アナログに回帰しているかもしれない。ロボットやコンピュータばかりの銀色の未来にはとっくの昔に飽きてしまった。今と見分けがつかない未来、というのは人類にとってどうなのだ。

漸《よう》く《や》、発車のアナウンスが流れた。

人間らしくあることを諦め無心で運搬される決心がついたかれは、ホームにいたほかの乗客の流れのままに電車に乗り込んだ。

2

お台場でも行ってみようか、と言い出したのは高之の方で、沙和子はその思いつきを面白がった。

「今はすごい閑散としてるらしいんだよ」

ちょうど見たい展覧会もあるから、と高之は言った。

なにかがしたい、と言い出すのは体調が良くなってきた証拠なのだろう。実際、電車が遅れて参ったよ、と言いながらあたふたと待ち合わせの新橋駅にやって来た高之の表情は以前より明るく見えた。

「具合、どう」

「うん。だいぶ良くなった」

「よかった。お医者さんはなんて?」

「無理せずぼちぼちって」

高之は少し間を置いてから、

「会議どうだった?」と聞いた。

「どうって、いつもと同じ」

どうだったなんて、つまらないことを言うと思った。そんな、漠然と聞かれたって答えられない。会議の詳細を話すわけにもいかない。

会ったばかりなのに、急につまらない気持ちになった。

「忙しい?」

「うん、まあまあ忙しいかな」

「関東に戻してもらえそう?」

同居しているせいなのか、質問の仕方まで母にそっくりだと思った。

「そのことで私、話そうと思ってたんだけど」

「うん」

「電車の中じゃあれだから。あとで」

「そうだね」

高架を走るゆりかもめの車窓から見る風景は、ジオラマのようだった。建物も街路樹も小さな緑地帯も樹脂や金属の作り物に見えるのだった。

「レゴみたいだ」

「なんか、生きてないみたいだよね」

すると高之が言った。

「ほんとは、世の中から見たら俺の方が生きてないようなもんだけどな」

「そんなこと言わないでよ」

窓の外に目を向けていた高之が、小さな声で言った。

「……たけちばちゃんばち」

「えっ、なに?」

「昔、兄貴が竹芝桟橋って言おうとして、『たけちばちゃんばち』って言っちゃったんだ。子供のときじゃなくて、大学生くらいのとき」

どうして、がっかりしてしまうんだろう。

そういうばかなことを言うところが楽しくて好きだったのに、ピュアなところが魅力だと思っていたのに。前のように笑えない。

「そうなの」

沙和子は言った。

高之も気まずそうに黙り込んだ。

札幌勤務の自分にとって、東京はまだしも、熊谷は遠い。寄り添って立っているのに夫がとても遠くにいるような気がした。そのことを悲しむよりも、早く札幌の日常に戻りたい気がしていることが後ろめたかった。

どうしてこんなに離れてしまったのだろう。


お台場海浜公園駅でゆりかもめを降りて少し歩いた。倉庫のように大きな商業施設もあったが、街路や広場は夏の帯広駅を思い出させる。

「予想以上だな」

高之が言った。

「視界に、人間が入ってこない」

東京としては異常と言っていいほど人が歩いていなかった。

「若い人がいると思ってたのに」

「昔はね。でももう、来ないだろうなそういう連中は」

「外国人も少ないのね」

「これが未来なんだろう。日本中、どこに行っても人間がいない」

高之の言い方もしかし、紋切り型に思えた。

ニュースでも会社でも人口減や少子高齢化のことを聞かない日はないのに、人のいなくなる国でまだもう少し生きているということが実感として摑めない。地方の限界集落の話ならまだわかる。だが、東京でこういう場所に来ると、人間は一体どこへ行ってしまったのだろう、と思ってしまうのだ。

「歩く分には楽だよね」

「もちろんそうなんだけど」高之は難しい顔のまま言った。「ここはもともと人がいなかったところとも、だんだんに寂れていった場所とも違う。なにか唐突なんだよな」

埋め立て地というものはそうなのかもしれない。唐突に出来たものなのだ。だから町並みに時間の濃淡がない。それは東京の店で食べるサラダとも似ていた。どの野菜を食べても味が薄い。歯触りと冷たさは野菜だが、レタスでも、キュウリやトマトでも個別の味がしない。学生の頃、都内の子に「味音痴なんじゃないの」と言われて憤慨したことがあった。

「なんというかな。すごい額の予算が錆びていくっていうか。やっちまった感がすごい」

高之は感心したように言ったが、沙和子は笑えなかった。

東京のどこかの街をけなすとき、都内の人間は恥を感じない。それは外部の仕業に置き換えられる。もとからの住民ではなくよそから集まってくる人たちのせいなのだ。

熊谷ですら「田舎で申し訳ない」などと言ってしまう自分ももちろんおかしいのだけれど、埼玉県と東京との違いは「恥」があるかないかだ。頼まれもしないのに恥を感じてしまうところがいつまでたっても下に見られる理由なのだろう。

もちろん高之に悪気などない。

ゆりかもめに乗っていたとき、ずっと引っかかっていたことがもうひとつあった。沙和子は夫の、社会人としての経験の浅さを軽んじる気持ちを持ち続けていた。そのことに気がついてしまった。

空は厚い雲に覆われ、ひやっとするような風が吹いていた。二人は建物に入って、話のできる店を探すことにした。


「出向することになったの」

辞令のことを、どう伝えようかずっと考えていたが、結果的に同じだと気がついたので、沙和子は単刀直入にそう言った。

「どこに？」

「札幌市内の融資先」

「君は完全に北海道の人になったの？」

「そんなことないけど」

「出向って、片道？」

「まだ、わからない。でもどっちにしても悪い話じゃないと思う」

高之を安心させるためにそう言った。

「そうなの？」

「いずれ転籍になったとしても悪くない条件だし、もし戻れるならそのときは今よりいいポストになる可能性があるから、どっちでも」

戻る確率は低いと思っていた。けれどもこのまま札幌支社に居続けて早期退職希望者のリストに入れられることだけは避けたかった。退職して戻ってきた方がいいと家族は言うだろう。高之だって同じことを思うだろう。しかるべき退職金をもらって地元で暮らすこと。再就職先は無理のないところで。今までがんばってきたのだから少しはのんびりと。そんなことを言うだろう。

けれども、それだけは嫌だった。これまでの仕事を否定されて、負けを認めることだと思ったからだ。

「結局自分のことだけなんだな」

高之も、率直な口調で言った。

「ごめんね。高さんにはずっと迷惑かけっぱなしだよね」

「でも実際はね、食べさせてもらって小遣いまでもらってるわけだし。沙和子のお陰なんだよ。お義父さんお義母さんにも良くしてもらったし、あの環境じゃなかったら、もっと治りが悪かったかもしれないと思うよ」

「でもまだ、大事にしないと」

「俺はもう働くよ。医者がＯＫしたら」

「ぶり返さない？」

「もう殆どいいんだ」

見てたわけでもないのに、と言いたいのかもしれないと思った。

高之は言った。

「俺も、なんでついて行かなかったのか、今になってみるとわからないんだよね。もちろん考えた。専業主夫になって沙和子のことをサポートできないかって」

「うん」

「でもそんな能力はないんだよ」

「能力でするものじゃないと思うけど」

「いや、能力だよ」

沙和子が首を傾げると、

「俺、中延《なかのぶ》に帰るよ」

と言った。

別居ということなのか。

いや、既に別居はしているのだ。

「お義母さま、具合でも悪いの？」

「元気は元気なんだけどね。物忘れとかはあるし。今が大事かなと思って」

「そう」

「俺も自分のことばっかだよね。俺は俺、君は君ってとこかな」

高之はそう言うと伝票を素早くつかんで立ち上がった。

沙和子は出口を閉ざされたような気分になった。


「都市と紋章展」は、高之の期待とは違っていたようだった。

「うーん、だめだな」

かれは色鮮やかな旗や、説明パネルの並んだフロアを足早に横切って行った。ほんとうに展示が目に入っているのかと思うほどのスピードだった。

後半の展示は、ファンタジー作品やゲームの背景と紋章の関係についての説明が多く、歴史好きのかれにとってはその比重も気に入らないらしい。

「ほんとにいいの？　ゆっくり見ればいいのに」

「もういい。出よう」

これまでに見たことのないような苛立ちを見せてかれは言った。

「どうする？」

「どっか場所変えたいけど、俺、下町って全然知らないんだよな」

東京のひとは、そういう言い方をよくする。そのくせ、どこまでが山の手でどこからが下町かという範囲はその人によって違う。沙和子には到底そうは思えないが、かれにとってはお台場も下町なのかもしれなかった。かれらはテリトリーをそれぞれに決めていて、縄張りの外には出ないようにしていた。「池袋には行かない」とか、「青山なんて行ったこともない」と強く主張する東京人たちを、沙和子は不思議に思っていた。

高之もそうだが、山の手の育ちを自称する人は下町に遠慮しているようでもあった。上野や浅草は、下町でもかれらが入れる数少ない地域のようだった。

「船に乗るって手もあったね」

「この天気じゃ……」

駅に向かって歩きながら、高之が突然、

「月島《つきしま》とか佃島《つくだじま》とか、行ったことないんだよ」

と言った。

「ここから行けるの？」

「まあ、行けないことはない」

気が進まなかったがここで一緒にいることを放棄してはいけないという気がした。

ゆりかもめの終点は豊洲《とよす》だった。月島の方までここから歩くのだと言う。

「なんで行き止まりなのかな」

と沙和子が呟くと、

「延伸の計画はあるんだろ」

と高之が答えた。

豊洲の駅は新しく整備されたものだったが、地続きである通りの反対側に以前から人が住んでいる気配のある街を見て、沙和子は呼吸が少し楽になったような気がした。

「こっちは、いろんな時代が混じってるんだな」

と、高之が言った。

晴海《はるみ》通りは道幅が地方の幹線道路のように広く、そのためか歩く速度が遅くなったように感じられる。

「車、どう？」

先月沙和子が買った車を高之はまだ見ていない。写真送ればよかったのかな、と思った。

「うん。悪くないよ。あんまり乗ってないけど」

「ボルボだっけ？」

「うん」

「いい車なんだろうなあ」

だって自分で稼いで買ったものだから。

しかしそれは高之に言うべきことではなく、母から贅沢を咎《とが》められたときの反応だと気づいた。贅沢だと思うかどうかは聞けなかった。もちろん、言わないだろう。高之は父の古いセダンに乗っているのだ。

「こっち来たら運転してよ」

「こっち？」

高之の眉が動いた。それから、

「雪道は、無理だな俺は」

と言った。

高之が北海道に来ないのは、面倒だというのももちろんあるけれど、来ない理由を挙げることが癖になってしまっている。それはときに沙和子の気に障った。

彼女は働くことが嫌いではなかった。それでいて働かなければ食べられない、ということにも、苦労して覚えた仕事なのだから続けたい、ということにも、実家には帰りたくない、ということにも納得してはいなかった。それらは、いずれ折り合いをつけなければならないことではあったが、日々の忙しさにかまけて、老後の計画のように後回しにし続けたことだった。

遠くで働いていて、家では両親とパートナーが暮らしている。パートナーが精神に不調を来《きた》したとき、自分はろくに家に戻れなかった。両親とパートナーの関係は良好であり、お互いに束縛しない関係である。

社会学の実験をしているわけではないのだ。そうなってしまったとしか言えない。

じゃあ、どうしたいのか、と言われたら、どうもしたくなかったのだ。たとえそれが別れに繋がったとしても自分からは何も言えないのだ。

街の印象は少しずつ不規則になっていった。埋め立てられた時代を新しい方から古い方に遡《さかのぼ》っているのだということに高之は気がついた。

春海橋《はるみばし》を渡りながら、高之は並行して運河に架かる錆びた小さなアーチの鉄道橋に目をとめた。残されているのは橋梁の部分だけで線路部分は雑草に覆われている。

「廃線跡？」

「貨物だったのかな」

月島運動場から右に曲がる。2ブロックほど歩くとまた運河である。橋で結ばれた土地はおでんの鍋に浮かぶはんぺんのように頼りなかった。もとの陸地に近づくにつれて、地中の水分が増えていくように思えた。

小さな橋を渡り終えると住所は月島だった。

低層のマンションがあり、商店があり、小さな公園がある。古い祠《ほこら》もあった。通りに面している住宅は間口が狭く奥行がある。古い街の痕跡から見えてくるものが急に増えた気がした。そこにいる人の用事が多ければ多いほど、景色の情報が増えるとかれは思った。

月島と佃島は遠い昔に埋め立てられて地続きになっていた。もんじゃ焼きの店が並ぶ界隈を過ぎて、若草色に塗装された新月陸橋《しんげつ》をくぐった先が佃島エリアだった。

「空気がほどけた気がするね」

「うん。ここは俺なんかがいてもいい場所だって感じがするよ」

駄菓子屋の前には子供たちが乗り付けた自転車が置いてあった。すり抜けるような狭さの路地には、大きな銀杏の木を包むように建てられた地蔵堂があった。住吉神社はさっぱりと落ち着いていたし、境内の裏にはレンガ造りの蔵が残されていた。それぞれが異なる色合いと質感を持っている。

なによりここには、自然の地形の名残があった。

朱塗りの佃小橋の見える船溜まりのまわりに、ちょうどベンチに座ってのんびりできるくらいの空間があった。いい匂いに首を巡らせると佃煮の天安の店構えが目に入る。

沙和子が地元の人のように「こんにちは」と言いながら、がらりと戸を開けて入って行った。店頭にはたくさんの種類の佃煮が並べられ、奥では三人の女性が働いている。天保八年の創業だという話を聞きながら、高之は義父母の好みを思い出し、きゃらぶきと、かつおの角煮を買い求めた。中延の母には小女子《こうなご》を選ぶ。沙和子は詰め合わせの折を買った。

佃島をぶらぶら歩いているうちに、日が傾いてきた。

高之は、話をしなければならないと思った。

婚姻を続ける理由がない。

別れたいわけではなく、これ以上理由のないことを続けてはいけないのだということを話さなければならなかった。沙和子は理解してくれるだろうか。

「飛行機、夜なんでしょ？」

高之は言った。

「うん、最終」

「今からさ、どっか行こうよ」

「ええ？」

沙和子は心底驚いたような声を上げた。

それは、結婚前にかれがいつも言っていた誘い文句だった。まだ通じるのだ、とわかった。

「今から？」

「そう。今から」

それは完全に、昔と同じ言葉だった。北海道と熊谷の違いはあったが、彼女が遠くに帰らなければならないことも同じだった。

「なんか懐かしい」

沙和子は照れたように笑った。高之は歩道の外に立ってタクシーを停め、沙和子の後に乗り込んでから、

「大森海岸」

と言った。

「そんなとこにあるの？」

沙和子が声をひそめて言った。

「あるんだ」

「よく知ってるのね」

「あの辺、昔は花街だったんだ」

「なんか、不倫みたいね」

沙和子は鼻にしわを寄せて言った。

「そうにしか見えないかもな」

沙和子が高之のその口調が気に入らない、という顔をしている。

だが、かれは考えていたのだ。

土産を別々に買うこと、帰る場所が違うこと。

沙和子は、まるで授業に一度も出席せずに学費だけ払っている学生のようだ。そして家に戻ってくればいつも俺がいる。その保証が結婚なのか。

それじゃまるでモノみたいじゃないか。

もちろん沙和子を失うのは惜しい。しかし、それは瞬間の気持ちでしかない。なんとしてでも一緒にいたいという気持ちが、続かなくなってしまったのだ。きっかけがあったのかなかったのか、いつから気持ちをなくしてしまったのかもわからない。

高之は終わりに向かうことを考えていた。

大森海岸のホテル街は静かな場所だった。地味な一軒を見定めて、かれは入って行った。

気が滅入るような独特の匂いがした。そもそも、ちゃんとできるのかな、と思った。

3

部屋に入るなり、高之はテレビをつけた。騒がしい音声が流れて、沙和子は自分がいない時間の束を目の前に突きつけられたような気がした。

「そういや、こないだ八木橋《やぎはし》がドラマに出てたよ」

高之はテレビに目を向けたまま、言った。八木橋というのは熊谷にある百貨店のことである。だがその顔からはおよそ一切の表情というものが消えてしまっていた。なんとなく開けたバッグを閉じながら沙和子は初めて、かれを怖いと思った。

沙和子は黙ったままシャワーを浴びるために立ち上がった。膝の下の方が震えているような気がした。

高之は、彼女の反対側からベッドに入ってきた。そして後ろから彼女を抱いて言った。

「台風のときさ」

「うん」

「俺、嫉妬したよ。怪しいと思ったというよりか、近くにそんな頼れるやつがいるんだって」

この夏、北海道には連続して台風が上陸し、各地にかつてないほどの被害を出した。関東では報道も少なかったが、心配した高之が連絡を取ったとき、沙和子は同僚の家に身を寄せていたのだった。

「頼ったって言っても、家族で住んでるとこだし。みんな知ってる人だし」

「わかってる。そのときは、なんか悔しい気がしたんだよね。それが俺じゃないことがね。でも今は安心してる」

「安心って」

「心細かったら、それは俺のせいでもあるから」

「うん」

「ただね。これじゃだめだって思ったんだ。もう続けられないよ」

高之が言った。

今、言うのか、このタイミングなのかと思ったが、沙和子はふり向いて高之の首筋に唇を寄せた。

まだ優しさは残っている。通わせることができなくても気持ちはある、と沙和子は思った。

ただ、どうしようもなく、生きるスピードが違う。

並行して走る京浜東北線と山手線が浮かんだ。

たとえ車両が違っていても、同じスピードのときは手にとるように中のことがわかる。

けれども、お互いのスピードが違ったら中に乗っている人の様子はかき消えるように見えなくなってしまう。最後の乗換駅で相手の車両に乗り込むことを、しなかったのだ。離婚の話が出ることも考えてはいた。でも、今なのか。気が変わったのかもしれないと思ったのに。

体のなかに入ってきたのが知らない男のような気がした。それはある意味、正しかった。最も親密であった高之が知らない男になっていくのだ。取り返しのつかないことが今、起きているのだった。

沙和子は昂《たか》ぶりに身を委ねた。原色の絵の具をひっくり返したような密度の高い空間を、鞠《まり》のように弾んでいく感じがした。やわらかくゆさぶられ、壁に弾かれてバウンドし、弧を描いて跳ね、そのたびに映りこむ鮮やかな色が皮膚の薄い部分に描きだされた。長い間、体の奥にとどめていた熱がしびれを伴う毒のように巡った。

先に身を離したのは高之だった。

「すごかったね」

かれは言った。

「高さん、もういいの?」

「うん。いい」

沙和子は腹這いになったまま砕けた波が何度も打ち寄せてくる感覚を味わっていたが、

やがて両肘をついて身を起こし、高之の顔を見つめた。

「もうちょっとだけ、こうしてていい？」

「もちろん」

沙和子は高之の脇にぴったりとくっついて目を閉じた。波が引いてしまうと懐かしさが彼女を満たした。この先失うことになる親しみ深さや愛おしさや甘い気分が、小鳥のように次々と彼女の上に舞い下りた。

そのまま少し、まどろんでいたらしい。

「お湯張ってくるよ」

高之が起き上がる気配で我に返った。

バスルームから湯の音が聞こえてきた。それ以外は、なにもかも止まってしまったかのような静けさだった。沙和子はのろのろと手を伸ばして、時計を確かめた。

二人は大森海岸駅のホームで電車を待っていた。羽田まで送ると高之が言った。タクシーを使わないのは、かれにとっては当たり前のことかもしれなかったが、沙和子には特別な親密さが永遠に消えてしまったように感じられた。

快特やエアポート急行が続けざまに通過していった。

「俺、来月北海道行くからさ。改めて。ちゃんとする」

列車が行ってしまうとホームは静かになった。

そんなに簡単なことなのか。そんなにあっけないものなのか。

普通電車に乗ってから、高之が言った。

「大学に遠藤っていたじゃん」

「誰だっけ」

「遠藤洋輔。俺らの一こ下のさ」

「ああ。あんまり喋ったことないけど」

「あいつ今、ネットで新しいサービスやっててさ。ショップとかの。そこでコラム書いたら案外評判よかったんだ。それで、別のも書いてほしいって言われて」

「どんなコラムなの」

「こないだ書いたのは行田のB級グルメのことなんだけどさ。ゼリーフライはゼリーじゃなくて、フライは揚げ物じゃないとか、そういうの」

「おからだよね？　ゼリーフライって」

「そうそう。でもただのフライって言ったらお好み焼きとかネギ焼きみたいな粉もん」

「そうなの？」

「フライパンのフライなんだって。それでちょっと文章書いてみたら、遠藤が面白いって言ってくれて、サイトに載ったんだ」

ライターなんて不安定じゃないの、と言いかけてやめた。そんなことが言える段階でも筋合いでもないからだ。

「やだ、それで太ったの？」

高之は、痩せなきゃなあ、と言って笑った。

定職もなく、病み上がりなのに、どうしてこうも悲壮感がないのだろう。

まあそういう人なんだけれど、と沙和子は思う。

「群馬のホルモン揚げって知ってる？」

「なんだっけ。ホルモンじゃないんでしょ」

「ホルモンじゃありません。中身はちくわ」

今日は好きでもないお台場に行き、佃煮の袋をぶら下げてホテルに行ってセックスをした。離婚することでなんとなく折り合いがついた。それなのに、なんだって電車のなかで「中身はちくわ」などと勝ち誇っているのだろう。ばかばかしい。

高之は急に真面目な顔になって言った。

「泣かないでよ」

いきなりなにを言うのだ、と沙和子は思った。

「圏央道が繋がったの、知ってる？　成田から近くなるよ。時間も読めるようになるし」

沙和子は首を振った。近くなってもかれが迎えに来ることはない。

「俺が来なくても、成田から熊谷は近くなるんだから、それは君にとって恒久的にいいことなんだよ」

不意に、沙和子は確信を持った。

この人は幸せに暮らして行くのだろう。

そう願いたい、と強く思った。

悲しくて泣きそうなわけではないと沙和子は言いたかった。けれども、言葉にしようとすると自信がなくなった。

7 街のトーン

二〇一六年四月

1

沙和子は大沼に向かって立ち、深く息を吸い込んだ。

空も水も色鉛筆を水彩でぼかしたような淡い色合いで、天空から吊り下げたモビールのように静止していた。木の芽はまだ固く閉じていて、囀《さえず》る鳥もいない。冬枯れの光景というものは、ここでは晩秋から初冬にかけてのものではない。雪どけから春がやって来るまでの長い時間に属しているのだった。

内地なら、春は気短な人たちが支度もそこそこに飛び出すようにやってくる。正月から蠟梅《ろうばい》が咲きはじめ、啓蟄《けいちつ》の頃にはからっ風に首を縮めるようにして雑草が緑を覗かせる。三月になれば白木蓮《はくもくれん》やクロッカスが順序良く開花し、短い雨のあと、山の木々は日射しを浴びてもやもやと落ち着かなくなる。熊谷でありがたくないことと言えば春一番とともに杉花粉も飛んでくることだ。湿気を帯びた空気が春の匂いを運んできたと思ったら、もう桜前線を気にし始める時季になる。春は少しもじっとしていない。

内地の春が獰猛《どうもう》に冬を食らい尽くしていく頃、北海道は沈黙のなかにある。世の中の春の便りを開いてお預けをくっているような時間をうんざりするほど過ごさなければならない。函館は道南だから札幌よりも早いけれど、それでも桜が咲くのは四月の末頃だろう。連休前までは雪が降る日もある。ここでは冬よりももっとさびしい風景が長く続く。

だが今年に限って言えば、それは沙和子の気持ちにフィットしていた。

すっきりしているのだが、先が見えない、そして全体を覆っているやるせない感じにぴったりな景色が、今の気持ちと合うのだった。

離婚が成立しても、単身赴任の身である沙和子の生活は変わらない。出向になった中堅商社の業務や人間関係に慣れることのほうが優先事項だった。

離婚というものは他人に吹聴するようなことではないが、隠すのもおかしい。その塩梅《あんばい》がよくわからないので、新しく知り合った人にはずっと前からそうだったかのようにバツイチなんですよ、と言うことにしていた。わざわざプライベートなことを聞いてくるような相手との距離には気を遣った。円満に別れた、などと言っても人はなかなか信じてくれないだろう。根も葉もない浮気の嫌疑をかけられるかもしれない。ないことの証明はできないのだ。同情されたり、別れた夫の悪口を言われたりすることも不本意だった。彼女は高之が病気になったこと、仕事を辞めてしまったことについてはごく親しい人以外に話していなかった。

「イヤなことっていうのは、ひとつひとつ片付けていくしかないんだ」

いつだったか、一緒に残業していた同僚が苦々しく言った言葉を思い出しながら、重たいレンガを積むようにして日々の仕事をこなしているうちに、年度末の忙しさに呑まれた。

時間が余っているような感覚が出てきたのは新年度になってからだった。実家に帰ろうかとも思ったけれども、理由もなく両親と過ごすのはまだなんだか気詰まりで、どうせゴールデンウィークには顔を出すのだから、ということにしてやめた。

ある日、コートやセーターを仕舞うためにクローゼットを整理していると、レザーボストンが目にとまった。国内の工場で丁寧に作られたバッグだったが、あまり使っていなかった。随分前に岡山に行ったときに使ったのが最後かもしれない。

美しく鞣《なめ》されたレザーに触れたとき、沙和子は一泊でいいから、どこかに行きたいと思った。

函館に住む山内桃花と連絡をとったのはその日の晩のことである。離婚について唯一相談した友人でもあり、落ち着いたら遊びに来てね、と言われていたのを思い出したのだった。

2

土曜日の朝早くに沙和子は出発した。札幌から函館までは、JRの特急スーパー北斗で三時間半ほどである。新千歳空港の駐機場のそばを通過しながら、北海道新幹線に三時間半乗ったらどのくらい行けるのだろう、と思った。もしかしたら同じ所要時間で函館から大宮あたりまで行けるのではないか。あんなに遠いのに、乗り物を換えるだけでおかしなものだ。函館の人にとっては札幌に行くよりも盛岡や仙台の方が早いということになる。苫小牧《とまこまい》から列車は海沿いを走る。室蘭、長万部《おしやまんべ》を過ぎると遠くに渡島《おしま》駒ヶ岳が見えてくる。森町からは内陸に入って行く。函館まではもういくらもないのだが、沙和子はなかなか来る機会のない大沼も見ていこうと思って途中で電車を降りたのだった。

観光シーズン前の駅前はがらんとしていた。雨が降る予報は出ていなかったが、空は雲に覆われている。大沼国定公園の中心部までは歩いてすぐの道のりだった。

案内板を見て「島巡りの路」というコースを歩くことにした。大沼にせり出しているいくつかの半島と湖畔に近い島々を、橋で結んだ散策路である。まるで人生ゲームの盤面のように曲がりくねった道のところどころに展望ポイントがある。歩きづらいことはなかったが、残雪や雪解けのぬかるみも残っていた。道南といっても四月中はまだ雪も降る。湖に向かって開けた場所からの渡島駒ヶ岳はすばらしかった。

この山は寛永の大噴火以前は富士山のような形をしていたという。噴火により上の部分が失われたと説明にはあるけれど、くっきりとした左の肩からぴんと尖った馬の耳のような岩から、まさしく草食動物の胴体を横から見たような馬の背を経てなだらかに落ちていく右の稜線まで、偽の富士山の形よりも今の姿の方がずっと見栄えがすると思う。しかし自分が思う動物の胴体が、本当に駒ヶ岳の「駒」なのかどうか沙和子にはわからない。さっき電車で通ってきた場所なのに、こうして大沼から見ていると山の向こう側が海だということにも違和感がある。陸地の終わりとしてはいかにも急すぎる気がするのだ。自分がこれ以上の変化を望んでいないからそう見えるのかもしれない。

大沼には無数にあるといっていいほどの小さな島や、島とは言えないほどの岩が散在している。大きさはさまざまだがどれも水面にお椀を伏せたような形だった。木々は手足が長くてもてあましている育ち盛りの若者のようにのびのびと育っていた。バランスは悪いが、かわいげのある景色だとも思う。火山というのは、ときにこういう神様のいたずらみたいにユニークな景色を生み出すことがある。

駅に戻ると次の電車まで小一時間ほどの余裕があった。沙和子は外に出て正面から駅舎を眺める。白い壁に、縦長の窓が三列ずつ並んだ昔の洋風建築で、正面の破風《はふ》の部分は、水芭蕉《みずばしょう》の花を思わせるデザインである。

駅前でもてあましていると、高之を待っているような気分がしてくるのだった。

レンタサイクルで大沼を一周してきたかれが、大きな声でなにか言いながら戻ってきそうな気がした。高之のことだからぎりぎりになってから来るのかもしれない。沙和子は電車に間に合うか心配だったと小言を言うのだろう。急いでいるときは出ないと知りながら「今どこにいるの」と電話する自分のことや、肌寒いのに両手にソフトクリームを持って現れる高之の得意顔も浮かんだ。それは、決して実現されない未来なのだが、昔あったことのように懐かしい感じがした。

生活は長いこと別居だったので一緒に旅をした印象が強い。夫婦という自覚はずっと前から薄れていたのかもしれない。

高さんもどこか別の場所で私と待ち合わせするイメージが浮かんだりするのだろうか。それともすっかり私のことなんか忘れて若い女の子を目で追ったりしているのだろうか。かれは今、どうしているのだろう。経済的に苦しくはないだろうか、病気は再発していないのか、私の心配なぞよそに自由な生活を楽しんでいればいいと思う。

いつまで考えても仕方がないのだった。

沙和子は、函館駅の到着時刻を調べて、メッセージを桃花に送ると、駅舎に戻って行った。

列車の時刻が近づいて、駅に集まってきた観光客は外国人ばかりのようだった。改札を済ませてホームに入ると、鮮やかな色のダウンを着た子供がホームの端に行かないよう、人の良さそうな若い駅員が身振りで誘導していた。桃花からは函館駅の改札で待っている、とメッセージが入っていた。

3

桃花はかつて、札幌支店で窓口業務を担当していたのだった。年齢は沙和子より四つほど若いが、鷹揚《おうよう》でさっぱりとした性格で、赴任したばかりの頃から親しくしていた。桃花は子供が二歳になる前に離婚して会社を辞め、函館の実家に戻っている。

初めて下りる函館駅はターミナル駅だった。北海道新幹線の終着は函館駅ではなく途中の新函館北斗駅なので、札幌から見れば完全にここが北海道の終点だが、青函連絡船でやって来た内地からの客にとっては北海道の始まりの駅なのだった。小さな駅だが構内は改装されていて、小ぎれいな店舗が並んでいる。

改札では桃花が小さく手を振って待っていた。駅前のホテルにチェックインを済ませてから二人は市電に乗って元町へと向かった。

「だいぶん、落ち着きました？」

市電に揺られながら桃花が聞いた。

「うん。でも旅行するとやっぱり思い出すっていうか、逆に離婚したこと忘れるっていうか」

「ああ、わかる気がします」

十字街で市電を降りると、市電と垂直に交わる道はすべてが港に向かう坂道なのだった。ガイドブックで見るような坂道は、一本や二本ではないことを沙和子は知った。映画で見たことがあるだけだが、サンフランシスコのようだと思う。美しい街だった。

このあたりは蔵造りの建物や洋風建築も多い。桃花が予約しておいてくれたのも和洋折衷の建築を改装したレストランだった。地元では評判だが観光客にはあまり知られていないのだと桃花は言った。

女同士だと、こういうところに来られるからいい。もちろん、男性でもこういう凝った内装の店が好きな人もいるのだが、高之はそういうタイプではなかった。かれがこのあたりを歩いたら、つぼ八がないなどと言って嘆きそうな気がする。

「ふつうの、飲み屋街もあるんだよね？」

沙和子が言うと桃花は、

「繁華街はちゃんと駅のそばにあります。心配しなくても」

と笑った。

「離婚すると、もてるでしょ」

桃花は沙和子の顔をじっと見て言った。

「そんなことないよ」

「もてたっていいんです」

新鮮な魚貝を使ったサラダをとりわけながら、沙和子は首を振った。

「桃ちゃんは？」

「私は、あと何年かはまだ母親モードだから」

「そうだよね」

「沙和子さんは子供いないんだから。でもさ、将来どうするんですか」

「そんなこと」と沙和子は言った。「全然わからない。仕事次第」

五年後にどこに住んでいるのかだってわからない。出向先から戻れるのか、ずっと居続けるのかも知らされていないのだった。

「じゃあもっと後は？　年取ったら関東に戻りたい？」

女が将来のことを話すとき、そこには決まって、支えが何なのかという含みがある。

「お金はあるんだもんね」というメッセージを沙和子は受けとったし、自分も同じように「実家だからいいよね」と目で答えているのだろうと沙和子は思った。つまり場所というのはカネかヒトかを意味づけるものなのだ。

「どうだろ」

「再婚するなら、早めに方針考えた方がいいかもですね」

「一緒に住めなくて別れたんだからまた同じことになるよ」

「そっか。そうですよね」

「私は、結婚はしばらくいい」

「さびしくはない？」

「うーん、あんまり感じないかな、前からだけど」

「さびしさって、自分に禁じてると感じなくなるらしいですよ」

「感じない方がいいんじゃないの」

「さびしいってそんな、悪い感情じゃないんです。自分が生きてるっていうことがわかるし、動物だって群れから離れたらさびしがるし」

「茶飲み友達くらいは欲しいけど、群れまではいいかな」

一人になって、まだどうしていいかわからない部分もあった。自分と同じ立場の、もう若くはない女たちは何を思って過ごしているのだろう。

「関係ないけど断捨離って、いいらしいですよほんとに」

「ほんとに？」

そういう、どうでもいいような話をするのは久しぶりだった。沙和子は頷きながら大いにくつろいでいる自分を感じた。

「うん。捨てた分だけ何かは入ってくるの」

「気分がすっきりするからじゃないの？」

「でも、いい状態のときにいい情報が入ってきたり、出会いがあったりするのは不思議ですよね。やっぱり運気ってあると思う」

「ないとは言えないかもね。だめなときに大人しくしてるのって大事だもの」

「ほんと。余計なことしても、だめなときはだめだもん。しなきゃよかったってなりますね」

断捨離か。沙和子はクローゼットのなかのもろもろをイメージする。

「そうなんだよねえ、部屋着にすればいいやって思ってる服とか、どんだけあるんだよって思うよねえ。もう着ないものは雑巾にでもしてちゃんと使いたいのに」

「裁ちばさみのいいの買うと、いいって」

「ああ、いいなあ。じょきっていうよね」

あの鳥肌が立つような感触をもう一度味わいたくなる。自分のなかに、なにか残虐なものがあることを確認するような、それでいて表情ひとつ変えずに布を裁ち落としていきたくなる。

「いい刃物って、エロいよね」

そんな言葉を桃花が使うとは思っていなかったが、やわらかい布と堅い刃物が触れる感じにはたしかに、官能に繋がるなにかがある。

「刃物のプレゼントって縁起悪いの？」

ふと思い出して、聞いた。

「そんなことないみたいよ。未来に繋がるとかいうから」

「私、親から結婚祝いに木屋《きや》の包丁もらったの。今も使ってて、いいんだけど。でも縁起悪かったかなって」

「そんなこと気にするんだ、沙和子さんて」

「この年になってみっともない話なんだけど、これから親とのことをちゃんと考えなきゃいけないなって思って」

離婚と違って、決して片がつくことなどないと沙和子は思う。沙和子は、両親が高之の味方をしたことに納得がいかないままなのだった。

「でも、親はもう変わらないでしょ」

「うん、自分が変わるしかないんだけど」

将来を考えるどころか過去と向き合えていないのだ。

明日はどうするの、と聞かれて、江差《えさし》に行ってみたいと沙和子は言った。

「江差は、いいとこだよ」

桃花が言った。

「街のトーンが揃ってるから、安心」

沙和子にはその意味がよくわからなかった。

「でも、電車廃線になっちゃったんだよね」

「私、車出すよ」と桃花が言った。「一緒に行こうよ、折角《せっかく》来てくれたんだから」

「でも、結衣ちゃん大丈夫？　私はバスで一人で行ってもいいし」

今日も明日も桃花の両親に見てもらうのは気の毒だと思って言うと、桃花の表情がぱっと明るくなった。

「連れていってもいい？　そんなにうるさくはしないと思うんだけど」

もちろん、と沙和子は答える。小さな女の子と一緒に出かけるのは新鮮で楽しいかもしれない、と思った。


ホテルに戻ったのは、九時前だった。化粧を落とし、シャワーを浴びてしまうと、もう本当になにもすることはなかった。メールも入っていなかったし、軽く飲んではきたが酔ってはいなかった。大沼公園で撮った写真を眺め、持参した函館のガイドブックを一通り見終わってからテレビをつけたが、旅先で見たいようなものはなにもなくて、電気を消すとすぐに眠ってしまった。


目を覚ますと、江差を案内してくれるはずだった桃花からメッセージが入っていた。

「朝早くからすみません。子供が熱を出してしまいました。約束していたのにごめんなさい。後ほどまた連絡します」

沙和子は、冷蔵庫を開けてミネラルウォーターを飲みながら、仕方ない、と心の中で呟いてもう一度ベッドにもぐりこんだ。

がんばって江差に行っても、行かなくてもいい。半日くらい函館にいて、五稜郭《ごりょうかく》に行ってもいいし、きれいなブックカフェでのんびりしてもいい。退屈するようだったら早めに帰ってもいい。旅なのだからなにもかも決めなくてもいい。レンタカーで行くという選択肢だってある。

しばらく横になっていたが、目が覚めてしまったので身支度をして朝市に行くことにした。

日曜ということもあり、朝から人は出ている。ハイシーズンは相当な混雑になるのだろう。土産物を見てから食堂に入った。海鮮丼にしようか迷ったが、朝から贅沢することもあるまいと思った。鮭ハラス定食を食べていると、またメッセージの着信があった。

「今日は本当に残念です。代役を立てました。弟(航太といいます)です。気が利かないところもありますが、使ってやってください。十時にホテル前までお迎えで大丈夫でしょうか」

4

チェックアウトをして、ホテルの前の歩道で待っていると、真新しいブルーの軽四駆がやってきて目の前に停まった。桃花の弟だった。桃花より二つ年下というから、沙和子とは六歳違いになる。踝《くるぶし》が見える丈のパンツにスプリングコートを合わせていて、センスはいいのだけれど体格に合っていない気もした。大きな男ほど小さな車を好むとかつて高之が言っていたことを思い出した。

「沙和子さんですよね。はじめまして」

いきなり名前で呼んだので沙和子は戸惑った。

「山内航太です。姉からいつも沙和子さんのお話は聞いてます」

笑顔が少し堅い。たしかに桃花もそんな顔をするような気もするが、言われなければ弟とはわからないだろう。若い男と出かけようとしていることが奇異に感じられた。

「なんだかすみません。よろしくお願いします」

「とりあえず乗ってください。狭いですけど」

「ハスラーだよね、この車」

航太は頷いた。沙和子は後ろの座席にボストンバッグを入れると助手席に乗り込んだ。新車の匂いがした。

「結衣ちゃんは大丈夫なの？」

車が発進してから、聞いた。

「大したことないと思いますよ。なんかあったら当番医のところに行くでしょうし。一応ついててやるだけだと思います」

こともなげにかれは答えた。そして、

「えっと姉からは、江差って聞いてますけど、今日は江差だけでいいですか」

と言った。

「もちろん。ていうか、お休みの日につき合わせちゃってごめんなさい」

函館から江差までの距離は七十キロ余り、高速ではなく国道227号線で中山峠を越えていく道である。日帰りとして十分な行程だ。

「いいんです。それに休みじゃないんです」

航太が言った。

「えっ？」

「三交代なんで、今日も夜勤です」

「わあ、じゃあこんな朝からで余計申し訳ない」

「全然平気です。ただ、夕方は仮眠とってから行きたいんで、晩飯とかはご一緒できなくて。そればっかりはすみません」

「夜勤って、身体きついでしょう？」

なんの仕事をしているのだろう。消防や警察の仕事か、あるいは工場に勤務しているのかもしれない。

「看護師なんです。だから日勤の方が忙しいです」

「そうなんだ」

男性看護師とプライベートで話すのは初めてだな、と思ったが、かれはそれ以上仕事の話はせず、

「昨日はどこ行ったんですか？」

と聞いた。

「大沼公園です。こっち来たの初めてだったんで」

「ああ。まだ何もないっしょ。六月くらいにならないとあの辺は」

「でも、それがよかった。静かで」

「たしかに、静かは静かですよね。だんご食べました？」

「大沼だんご？　買えばよかったかな」

「結構評判いいですよ。あとあの辺だと、精肉店のジンギスカンで安くて旨いとこがあります」

「北海道産のラムなの？」

「いや、輸入じゃないかな。でも肉屋のおじさんが捌《さば》いてるから旨いんですよ。食堂なんだけど小鉢がいっぱいついて、雰囲気がなんか、同級生の家でご馳走になってるみたいで」

「そうなんだ」

「でも、女性一人だとさすがに入りにくいですかね。俺、食生活がガキなんですみません」

どうでもいい話をするのがありがたい、と昨日思ったばかりなのに、今日は昨日の友達の弟と会うなりこんなにどうでもいい話をしている、そう思って沙和子はちょっと笑った。

「どうかしました？」

「航太君って、相手を緊張させない人だね」

「あーよく言われます」

きっと病棟では、年配の患者達に人気があるんだろうな、と沙和子は思った。

新函館北斗駅のそばまでやって来た。右折が新幹線の駅、まっすぐ進めば札幌・森方面、十字路を左折すれば江差方面への一本道になる。道路に沿って小さな川が流れていた。雪解けの季節だから水量は多く、勢いがある。

「あとで、厚沢部《あつさぶ》の道の駅、寄りましょう。コロッケが旨いから」

峠道を登りながら航太が言った。

「コロッケ?」

「あの辺、メークインで有名なんです」

「馬鈴薯《ばれいしよ》じゃなくてメークインのコロッケ?」

そのとき沙和子は強い抵抗を感じたのだった。この、強く禁止されている感じは、なんなのだろうと思った。そして、小学校の家庭科の調理実習で教師が言った言葉を、その口調まで再現して思い出した。「メークインは煮崩れないのでカレーやシチューに向いています」あの時代の自分の生真面目さと、教師が漂わせていた絶対的な感じはなんだったのだろう。たとえばカレーであれば、冬瓜《とうがん》を入れてみたり、フルーツを入れてみたりと変わったことを試してみるし、コロッケにチーズやシーフードが入っていてもかまわない。それでもメークインのコロッケなんて思いもよらなかった。その禁を破ることは考えていなかった。

　教師の影響、母親の影響、そしてまだ気がついてもいない、オートマティックな自己規制のこと。ルールにしばられる自分のこと。やっとたどりついたものの解決できていない内なる問題にとらわれそうになったが、航太の笑いに救われた。

「男爵ですよね。馬鈴薯って、ジャガイモのことだから」

「あ、そう。男爵のこと言おうとしてたの」

「ですよね！」

「ジャガイモって、男爵とかクイーンとか、名前が偉いんだね」

「キタアカリは偉ぶらないですよ。そういやタマネギとかニンジンの品種なんて聞いたことないや」

　沙和子はスマホを取り出すと、「タマネギ　品種」を検索した。

「すごいたくさんある。地植えは貴錦《たかにしき》、ターボ、アトン、収多郎、ソニック」

「強そうだな」

「プランター向きは、チャージ、オメガ。暖かい場所がスーパーハイゴールド、ケルたま、寒冷地は札幌黄、ウルフ、スーパー北もみじ、生食向きがジェットボール、スーパーハイゴールド」

「もはやなんだかわからないな」

「でも、貴族みたいな名前はついてないよね」

スーパーハイゴールドというのは、リンゴのような名前だ。競走馬みたいな名前とか、相撲取りみたいな名前とか、なんで私たちはそんな違いを一瞬にして理解しようとするのだろう。

中山トンネルを出て、厚沢部町に入る。少し行くとダムがあった。国道と併走する川はさっきと同じような眺めだが、ダムから流れ出た水だ。

「航太君」

「はい」

「川の流れが、逆になった」

「はあ？」

「この川って、さっきの川と違う川なの？」

「さあ……」

「だとしたら、さっきの中山峠って分水嶺《ぶんすいれい》なんだね！」

「あーそういうことになりますかねえ」

どうやらその方面では頼りにならないらしい。沙和子はスマホの地図を拡大した。

「鶉川って書いてあるよ。で、さっきのが大野川」

「うずら温泉の、鶉ですね」

沙和子は「川の名前を調べる地図」というサイトを見つけた。水系のことが詳しくまとめてある。峠の手前を流れていた大野川は、北斗市を経て津軽海峡に注ぐ。一方、鶉川は、厚沢部川に合流し、江差の河口に至る。つまり、日本海に注ぐ川である。

「やっぱり分水嶺だよ。太平洋と日本海の」

「だって沙和子さん」

ちょっと呆れたように、航太は言った。

「ここは半島だからどっちも海なんです。それも端っこなんですよ」

「それはそうだけど」

「半島の上に雨が降れば、そりゃ地形によってどっちかに行くでしょう。両方なんてことはない」

「私の見識が狭いのね。熊谷は利根川と荒川だったから、太平洋と日本海に分かれるなんてすごいことだと思ってた」

「いや」

航太は、くすくす笑った。

「沙和子さんって思ってた以上に面白いです」

こんなドライブは久しぶりだ、と思った。

「それで。ここがうずら温泉です」

いつまでも分水嶺にこだわっている沙和子を軽くいなすように、航太が言った。

「泊まれるんですよ。前に仲間と来たことあります」

「鶉中学もあるんだ、うず中って言うのかな。かわいい」

「迫力はないですよね。鶉中学柔道部とか」

なんだか、からかわれているような気もするが笑ってしまう。


道の駅あっさぶで、農産物や特産品売り場を一回りしてから航太はコロッケを二種類購入し、言い訳をするように「俺、コロッケが好きで」と言った。沙和子は迷った末に「もちもちコロッケ」を選んだ。その場で食べてみると、なるほど男爵芋のほくほくとしたコロッケとは食感が違う。なめらかで、品のいい甘みもある。中にはトマトソースで味付けされた野菜が入っていた。

「なかなか、いいでしょ？」

航太は野菜が入った「お花畑コロッケ」を食べている。

「これってコンテストで募集したコロッケなんですけど、俺、コロッケの審査員するのが夢なんですよ」

「航太君、幸せそう。泣きそうな顔してる」

「幸せなんですが、昼飯のことを考えてなかったことに気がつきました」

沙和子は朝市で定食を食べたので、おそらく軽いものしか入らないだろうと申告した。

道の駅を出ると、街道沿いには農家や作業場、生活に密着した店舗などが増えてくる。景色が自然のものから人間の手に渡ったという印象だ。川は山に沿って流れているけれど、右側の空が一気に広くなった。それだけ起伏が穏やかになってきたのだ。

ゆるいカーブを抜けると、真っ青な日本海が前方に広がり、航太が「わあっ、海」と叫んだ。

分水嶺のときは分別臭いことを言ったくせに、と沙和子は思う。

「半島なんですから」

航太の真似をして言うと、真面目な顔で、

「港湾と外海は違うんですよ。外海はいつ見てもいい」

と言った。

「そんなもんかな」

「ええ」

江差までの道はずっと海沿いになる。思い切って窓を開けた。今日は気温が上がりそうだ。

海沿いの道を走りながら航太が言った。

「そろそろ、繁次郎《しげじろう》の看板が出てきます」

「繁次郎って？　武将かなにか？」

ゆるキャラの看板だろうか。熊谷次郎直実にちなんだニャオざねみたいなものだろうか。

かつて、高之にからかわれたことがあるので自分からニャオざねの話はしたくない。

「庶民ですよ。でも江差と言えば繁次郎です。やたらに出てきます」

「年貢が厳しくて直訴したとかそういう人？」

「そんな真面目なんじゃなくて、もっとほのぼのしたやつです」

「何した人？」

「とんち？　だったかな。一休さんみたいな」

ほのぼのしているのは君なんじゃないか、と言いたくなるのだ。だが、航太の言う通りだった。道の駅や温泉に、どこかドジョウ掬《すく》いを彷彿とさせるような愛嬌のあるキャラクターが現れた。

航太は役場の隣の追分《おいわけ》会館に車を停めた。


いにしえ街道と呼ばれる通りには見応えのある建物がいくつも並んでいた。

江差は天然の良港として、北海道のなかでも特に古くから往来があった土地である。姥《うば》神《がみ》大神宮は、蝦夷地最古の鎌倉時代の創建と伝えられている。江戸時代から明治初期にかけては、北前船《きたまえぶね》の交易とニシン漁で栄えた。横山家は二百年以上続いてきた旧家であり、現在も当主自らが案内をしてくれる。旧中村家は海産物を扱った近江商人が建てたもので、現在は町に寄贈されている。いずれもどっしりした建築だった。通りに面した店の部分から、浜に面し、艀船《はしけぶね》を直接乗りつけられるようにした「はね出し」まで連なっている鰻の寝床のような造りである。

郷土資料館として公開されているのは、街道から一段上がったところにある明治期に建てられた洋館だった。白い壁に緑の縁をめぐらせた意匠が目を惹く建物は、旧檜山爾志《ひやまにし》郡役所であり、壁や天井に張られた当時のクロスの復元や歴史民俗資料が展示されていた。

この眺めは北海道らしくない、というのが沙和子の最初の印象だったが、それは江戸時代の風景が想像できるからなのだった。ここでは明治のものはむしろ新しい部類に属している。

電車が廃線になった場所とは思えないほど、街は明るく、手入れが行き届いていた。

「ここは実際に来て歩かなきゃわかんないね」

沙和子が言うと、航太は、

「そりゃ、どこでもそうですけど」と言いかけてから、

「ここの町長って若いんですよ。俺と同じくらい」

とつけ加えた。沙和子にもそんなニュースを聞いた記憶があった。

最後に開陽丸を見た。蒸気機関とマストのついた黒い軍艦はオランダで建造され、榎本《えのもと》武揚《たけあき》とともに函館にやって来たのだが、江差沖で暴風雪に遭って座礁、沈没する。本格的な海底調査が行われたのは昭和四十九年になってからのことで、それから十年余りをかけて引き上げ作業が行われたという。

沙和子は、昨日桃花が言っていた「江差は、街のトーンが揃ってるから、安心」という

言葉を思い返していた。古いものから近現代のものまで、さまざまな時代のものが保存されているのに、たしかにばらばらな感じがしないのだ。ここに新たに何か歴史的な発見が加わったとしても、なにも崩れないという感じすらある。それが「トーンが揃ってるから、安心」という言葉の意味なのだろうか。

「堪能《たんのう》できましたか」

「お陰様で、すごい充実しました」

帰り道はもう難しいことを考えまいと思った。沙和子は聞き役に徹して、今の時代は男も生きづらいのだ、という航太の話を聞いていた。ロールモデルがないのは働く女性だけではない、男らしさを求められつつも、どこからがハラスメントとして糾弾されるのか怯えている、ダブルスタンダードだ、とかれは言うのだった。

真面目な話を聞いていたはずが、いつの間にか沙和子は助手席でうとうとしていた。気がつくともう、函館が近かった。

「沙和子さん、寝るのは全然かまわないんですけれど」

航太がにやにやしながら言った。

「え？　何か寝言言った？」

「そうじゃなくて。起きた瞬間に、私は居眠りなんかしてません、って顔をしました」

「ごめん、あんまり居心地がよかったから」

航太には、姉や妹のいる男性が持つ気楽さと快さがあった。そして自分自身の体力や感性を疑ってはいなかった。

いつか年を取ったときに、茶飲み友達は枯れたおじいさんじゃなくて、年下でもいいのかもしれない。そう思ってから、「思うだけなら勝手」と自分に言い訳をした。年下といっても十分なおじさんではあるだろうし、再婚相手としてなら高望みだとか無謀だとか言われるかもしれないが、友達なのだからお互いが選び合えばいいのだ。


「このあとは、どうするんです？」

「函館山は行っておきたいなと思って。それから帰ります」

「じゃあ、ロープウェイの乗り場まで送ります」

自分からそう言ったのに、護国神社の坂を上って上まで送ってくれた。ロープウェイ山麓駅の脇に車をつけるとかれは、

「ほんとに、ここでいいんですか」

と聞く。

「もちろん。送ってくれて、ありがとう」

「ほんとは展望台もご一緒して函館駅までお見送りしなきゃなんですけど、今帰って寝ておかないと」

「もちろん。ちゃんと帰って寝てちょうだい。一日つき合ってもらっちゃったんだから」

「一人で行かせて申し訳ない」

「私も夜まではいられないのよ。電車の時間もあるから」

「楽しかったです」

「今日はありがとう。桃ちゃんによろしくね」

沙和子はそう言って手を振った。窓を閉めて発進しかかった車がもう一度停まって、航太が、

「沙和子さん、また札幌で」

と言った。寝言でそんなこと言ったのだろうかと、沙和子は首を傾げたくなったが、かれは当然のような顔をしていた。

函館山ロープウェイで、大勢の観光客に交じって外を眺めながら沙和子は、よく笑った日だったと思った。次はいつこんな週末が来るのだろう。

夜景で有名な場所なのだから、とそれほど期待していなかったのだが、夕暮れの展望も見事だった。むしろこの時間でよかったと思う。星占いの双子座のマークのようにくびれた弧を描く二つの海岸に挟まれた街は、夕陽を浴びて鮮やかな色合いと濃い影の強いコントラストを見せていた。白い箱形のビルも、緑の屋根の洋館も、褐色の外装のビルも、白いフェリーも、ドックに入っているラズベリー色の冷凍船も、違う時代に属しているかのように強調された強い色をしていた。だが、たった今、東から南にかけての空はみるみると色褪せていくのだった。雲の上から顔を出している駒ヶ岳は、砦か城のようでもあった。

ここでは一番遠い景色なのに、これからの帰り道からすると、あの山は函館からの出口に過ぎない。実際に駒ヶ岳のそばを通るときには、日が暮れて稜線は見えないだろう。

ガラス張りの展望台の反対側からは外に出ることができた。太陽が沈んでいくのは、今日通ってきた方角だろうか。風はもう冷たかった。

立待岬の碑の下は津軽海峡である。海の向こうには下北半島と津軽半島が横たわっている。休日の終わりを惜しむ気持ちがこみあげてきた。

十八時四十九分発の札幌行きに乗るためには、もう行かねばならないだろう。麓に下りるロープウェイに乗ったのは沙和子だけだった。

街の色が刻々と変化する時間だった。ロープウェイは紫色がかったバラ色に染まっていく市街地へ沈むように下っていく。

山麓駅から十字街への坂道を下り、市電を待つ頃には、あたりは蒼い闇に包まれていた。

函館駅の、大きな煙突のある汽船のような姿が見えてきた。駅の中からは光が漏れ、なんだかそれがこの時代の最後の街の灯のように見えるのだった。

空はまだ夕陽の名残をとどめていた。自分が明るい街を背にして森の奥のような闇に向かっていくという感じが強くした。

ホームに人影はまばらだった。今から札幌方面へ帰る人は少ないのか、それとも新函館北斗から大勢の乗客が乗ってくるのかはわからない。沙和子は既に入線していた青紫色の特急に乗り込んだ。

彼女の後ろに線路はない。

さっき見た下北半島が、まるで内地の見納めのように思い出された。だが、振り返るのを禁じるのは自分の心が決めた命令に過ぎない。昨日はあれほど高さんのことを思い出したのに、今日はまるっきり忘れていた。それは好ましいことなのだろうか、それとも悲しいことなのだろうか。

さびしさや人恋しさをごく自然に感じられるようになったら、なにかが変わるのだろうか。電車が動きだし、沙和子は振動に身を任せた。

8　東へ走る猪

二〇一六年九月

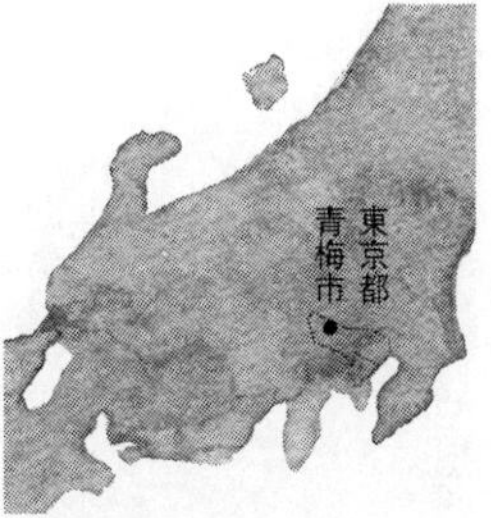

1

旧いずみ写真館の店先では日野大祐《だいすけ》が腕組みをして待っていて、高之が軽トラを停めると「おう」と言った。高之は運転席から下りると腰に手をやって「往復は、やっぱきつい」と笑った。かれは借り物の軽トラで、実家の中延《なかのぶ》から荷物を運んで来たのだった。

日野は荷台に目をやると、

「こんな量じゃ引っ越しとも言えないな」

と言いながら荷物を下ろし始めた。

「まあ、どこへ行っても居候みたいなもんだったし」

高之は情けない答えだと思いながら店に入って行った。

かつて店のスペースだった一階の土間部分はきれいに片付いていて、スタジオだった部屋と暗室は物置になっていた。土間の奥に沓脱《くつぬぎ》があり、急な階段を上った二階が居住スペースとなっている。通りを見下ろす板の間と裏庭に面した四畳半の和室の間には窓のない台所がある。もちろんかれ一人には十分な広さだが、よくこのスペースに家族が暮らしていたものだと思う。かれが育った団地の間取りだってそう変わらない。昔はそんなものだった。うちは母子三人だったけど、四人家族、五人家族だってふつうにいた。

「冷蔵庫とか洗濯機とかは？」

「持ってない。まあその二つはいるだろうな」

高之は、日野が運んで来た段ボールを、二階の、自分の部屋と定めた板の間に積みながら答えた。

「リサイクルショップとかなら耀子《ようこ》が詳しいよ」

おそらく、家電の類ならすぐに見つかるだろう。工場と大学が失われた街なのだから、出て行った人が置いていったものがあるに違いない。

「日野トラ、助かったよ」

高之はそう言って軽トラのキーを日野に渡した。

「じゃ、俺ちょっと車返してくるわ。またあとで。六時な」

高之は「ありがとな」と言って軽く手を挙げた。

そして再び薄暗い階段を上って二階の部屋に戻り、窓から改めて旧街道沿いの商店街を眺めて、まさか本当にここに住むことになるとは、と思った。

2

高之が日野に誘われたのは、熊谷の義実家を出て中延の実家に身を寄せてから半年余り後のことだった。当初、かれにとっては「あの遠い青梅《おうめ》」という印象しかなかった。なにしろ日野は大学時代、家に帰るのが億劫《おっくう》だと言って大学の近所に下宿している連中のアパートを渡り歩いていたのである。それでもやはり地元は好きらしく、結婚してからも青梅に住んでいる。

離婚の報告は、沙和子の方から聞いたらしい。高之にとって、そういう情報が筒抜けになることは決して愉快ではなかったし、ますます世間から取り残されていくような気分でもあった。だが、改めて「お知らせ」をするのかと聞かれれば絶対にしない自信があったので、日野くらいにならまあ、いいかと思い直したのだった。

「青梅の日野」という言い方が未だに可笑しくて、久しぶりに会って酒でも飲もうと思ったのだが、新宿でも吉祥寺でもいいだろうと思っていた。ところが日野は「まあいいから来い、おまえの方が圧倒的に暇なんだから」と言った。たしかにそれは間違ってはいない。

青梅というのは、かれにとってちょっと飲みに行くという範囲ではない。小金井には祖母の家があったから馴染みがある。その先の立川までならまだ、わかる。

この感じはなんだろうな。小金井だって自分の縄張りとは到底言えないのだが、旅行でも山登りでもないのにわざわざ出かけるのか、というこの抵抗感は

おそらく、あのあたりのどこかで線が引かれているような気がするのだ。横田基地か、国道16号か

いや八高線《はちこう》だろう

八高線の西側はもう山だという認識だ。山といっても観光で行く山ではない。知らないからといって大ざっぱなことを言ったら日野に怒られるかもしれないが、青梅も飯能《はんのう》も、山梨県の大月あたりも高之の頭のなかでは同じようなくくりに入ってしまっている。

秩父もそうだ

熊谷と秩父の違いが、立川と青梅の違いなのかもしれないと思った。かつて熊谷に住んでいた人間として、それが行ってみる理由となった。

立川を過ぎて直通の青梅線区間に入ると、ドアが手動になる。駅に着いてからドアが開かないのでためらう人、乗ってきたあとドアを閉めない人がいる。苛立たしげに腕を伸ばしてボタンを押して閉める人を見て高之は熊谷に住んでいた時代を思い出した。慣れない者にとってはボタンを押してドアを開閉するということは、非常ボタンを押すのと同じくらいの抵抗がある。どのみち発車のときには自動でドアは閉まるのだし、大した停車時間でもないのに、地元の人間に「だらしない」という顔をされてむっとすることもあった。

「俺の土地にだらしないやつが入り込んだ」と言われている気がしたのだ。開閉ボタンに慣れてしまってからはそんなことはすっかり忘れてしまっていたが、つまりこれはよそ者発見器なのだ、と高之は思う。

小作《おざく》や河辺《かべ》といった駅名も、とても一見《いちげん》さんには読めない。これもよそ者発見器的かもしれない。知らなければ福生《ふっさ》だってそうだ。そもそも「生」という漢字は、地名につくと読み方が多すぎてややこしい。越生《おごせ》、相生《あいおい》、桐生《きりゅう》、壬生《みぶ》……何でもありだ。なんと読むのかわからないのだったら、漢字を使う意味なんてあるのだろうか。伏せ字と変わらんのじゃないか。

昔はこんなことに気がつくたびに沙和子に報告してたんだな。それがさわりの部分だったらまだいいのだが、つい熱心に語ってしまって「ばかじゃないの」という顔をされたものだった。今はそういうことを話す相手がいない。わざわざそんなくだらないことを聞いてくれる相手がほしいわけでもなかったが、自分の生活の色のなさは、そういうことなのだと思った。途中で使うのをやめてしまったスケジュール帳のような白い日々にかれは飽きていた。そんなことを思ううちに、みるみる山が迫ってきて電車は青梅駅に着いた。

高之は旧青梅街道沿いの道をぶらぶら歩くことにした。この道より南は多摩川に向かって急な下り坂になっている。重たい山を背負って川に向かって前のめりになっているような地形だ、とかれは思った。

旧道は宿場町の風情を残している。蔵のある住宅や昔ながらの商家、町工場を思わせる建築もあった。ここより西は平らな土地がぐっと少なくなるのだろう。ここが山越え前の最後の大きな街なのだとわかる。寂れて見えるかもしれないが、地方都市と比べたらまずまずの人通りだ。家並みが途切れてきたのでかれは引き返し、駅から東の方へと歩いた。駅構内にもあった昔の映画館の手書き看板があちこちに架けられているのが目をひいた。かれにとっては少しこそばゆい気もする「昭和レトロ」だが、却って街が見えなくなるような気がした。

演出をしなくても、十分に古いものが残っている場所なのではないかと思ったのは、ショーウィンドウにオリベッティの草色のタイプライターを見つけて入った大きな文具店でのことだった。いきなり、記憶の押し入れが開いたような気がした。ノートや便箋、筆記具はもちろんのこと、子供の頃に使っていたような筆箱も下敷きもある。女の子が好きそうな香り付きの文具もあれば、かつてかれの心をくすぐったネーミングである「クロームサヤ」も当たり前のように並んでいた。今思えば「アルミ鍋」とか「ステンレス包丁」と変わらない組み合わせなのだが、小学生男子にとって鉛筆は「剣」なのだから刀を収める「鞘」はある意味当然なのだ。「鉛筆キャップ」というネーミングには全く萌える要素がない。

ガラス棚には、革のソファみたいな表紙のアルバムが鎮座し、半透明の緑や黄色の製図用テンプレートも揃っていた。そうかと思えば壊れ煎餅の袋づめや耳かきなども置いてある。

目を楽しませてもらっただけで店を出て行くことは無礼だと思った。それ以上に、ここで何かを買いたい、と思った。店内をぐるぐる歩き回るうちに、俺にとって古くて新しいといえば苗字だな、と思いついた。離婚により、かれの姓は沙和子の家の布施から、もともとの西に戻っていたのである。かれは朱肉と金属の枠のついた印鑑ケースを買い求めながら、店のおばちゃんに、

「ここは、なんでもありますねえ！」

と大きな声で言った。

「うちは、古いものばっかりで」

おばちゃんはそう言いながら印鑑ケースを紙袋に入れて、テープでとめてくれた。

どこかで時間が止まったのだな、とかれは思った。バブル崩壊ではない。オイルショックなのかそれよりも前なのか。あるときから街が更新されなくなったのだ。

「なんでもある店」は昔はどこにでもあった。

今は映像でしか見ることができないが、どこにでもひとが、特に子供が大勢いた時代のことだ。

陶器の店、金物屋、婦人用品店、乾物屋、そういった店舗がなくなることばかりを寂し

く思ってきたが、日本はこの先空き家だらけになるだろう。核戦争後の世界みたいだと笑ったシャッター街が、ふつうになっていくだろう。限界集落が最先端であり、寂しがる人間そのものが減っていくのだ。

いや、本当に核戦争の後だって来るのかもしれない。

駅前の案内所でもらった地図をたよりにかれは急勾配の道を多摩川へと下りていった。寺があり、屋敷と言ってもいいような住宅があり、新しく建て直された家も都会のそれとは違ってゆとりのある敷地だった。ずっと昔からそうであったことがよくわかる街並みだと思う。

歩行者専用の橋から眺める多摩川は、青い水を湛《たた》えて力強くカーブしていて、水遊びをする親子が目についた。写真を人に見せたらこれが東京都だと思う人は少ないだろう。

一帯は釜の淵公園と呼ばれる緑地だった。橋を渡ったところには移築された古民家である旧宮崎家住宅があり、そこから一段上がったところに青梅市の郷土博物館があった。

夏休みの時期だったが博物館のなかはひっそりとしていた。建物も、展示も古めかしいものだったが、川の生き物やこの土地の地形、そして織物で栄え「ガチャマン景気」という言葉を生み出した青梅夜具地《やぐじ》のことなどを説明するパネルの文章には、子供にも大人にも丁寧に向き合おうとするあたたかみが感じられた。たとえば小学校の校長先生が使っているような言葉遣いだった。

かれが惹きつけられたのは「青梅市は東に向かって走る猪の形をしている」という文句だった。昔から言われていたことではなく、合併により複雑な形になったのだが、合併後の形を猪にたとえることで自然な一体感を作りたいと考えたのだと思った。山の猪も、多摩川も都会へと向かっている。おそらくは人もそうだったのだ。そしてそちらから川を遡ってきた高之は、かれが子供だった頃となんら変わらない博物館の空気のなかですっかりくつろいでいた。

青梅の市街地は「猪」の心臓部で、後ろ半分は山である。高之はここから繋がっている関東山地の広さを思った。日本アルプスのようにはっきりしたイメージが湧かない。近い場所なのに、まるで脳のように中身がわからない。野犬やオオカミがいたっておかしくない。北海道は別格としても、紀伊半島の原生林や四国山地といい勝負ができるのではないかとかれは思った。

俺の脳のなかにも、秘密の動物はいるんだろうか

まだ俺自身にも見つかっていないような

3

駅前で待ち合わせた日野が案内した店は、古い四階建てビルの二階の串揚げ屋だった。外から見たら古いビルだが、内装はモダンで黒いラタンのチェアは包み込むように快適だ

った。

日野の連れ合いの耀子さんもすぐにやって来た。子供は大丈夫なのかと聞くと、二人とももう高校生だと言う。人の子供というものはどうしてこんなに成長が早いのかと思う。

店を切り盛りしているのは整った顔立ちの二人の若者で、日野はかれらとも懇意な様子だった。

「何時頃着いた？」

日野が言った。

「二時すぎ」

「そりゃ随分早い」

「郷土博物館行ってきた」

「言ってくれれば車出したのに」

耀子さんが言った。

「歩きたかったから大丈夫ですよ。青梅って初めて来たけどいいとこですね」

「まあ古いとこだし、外から見たら閉鎖的に見えるかもしれない」

「奥多摩とは全然違うのかな」

「全く違う。別物だよ。特に、奥多摩に移住するやつと青梅に居着く人間は、根本から違う」

「そんなもんかね」

「まあ、わかりにくいだろうけどな」

青梅は東に向かって走る猪なんだな、と言うと日野は、現実には猪が電車にぶつかるところだ、と笑う。

意外だったのはかれらが酒を飲まないことだった。高之にとって、友人と会うということは長い間、酒を飲むということだったのだ。身体でも悪いのかと聞くと、そうではないという。

「タカは遠慮せず、飲めよ」と言われたが、一人で飲むビールは気詰まりだった。

「ひとが飲むのはいいんだよ。ただなんていうかうちはもう酒は卒業だなって思ったんだ」

「ほんとはね、お義父さんの介護があったり、子供のお迎えがあったりで車出すから、飲めない日に却っていらいらしちゃって。それで二人でやめることにしたの」

世の中からタバコが消え、テレビを見る人が減り、今度は酒が消えるのかもしれないと高之は思う。昔のテレビドラマを見て、みんながタバコを吸っていることに驚いたりもするが、昔の人は酒を飲まなければ話すらできなかったんですか、と聞かれるようになるのかもしれない。

「週三日とかだけど、ここの三階でお店やろうと思って」

耀子さんが言った。

「どんな店？」

「古本と古着とレコード、もちろん私だけじゃなくて仲間で」

「仲間って？」

「あとで一人来るけど、いろいろなの。地元の子もいるし、よそから来た人も」

「ゆるくね、サークルとかじゃなくて、出ても入ってもいいような感じで。まあ最近そういうの多いと思うんだけどさ」

日野がつけ加えるように言った。

「イベントはいろいろあるのよ、マルシェもあるし夜にやってるオバケ市とか、けっこう何かしようって人は多いの」

「でも、町おこしとかって、みんな綺麗事ばっかり言って空回りしない？」

思わず本音が出た。

「二つあるよね。まず、人生経験が足りなくて夢見てる場合。あとは、やりましたということだけで、仕事になる連中の」

「役所とか」

「役所だけとは限らない、でも有閑階級かな。その間の層がいないんだよ」

日野は腕組みをして言った。

「間っていうのは」

「俺たちくらいの」

「なんか面接されてるような気分だな」

「実はそうなんだ」

日野はにやりと笑った。


小一時間ほど経ったところで合流したのが、青木医師だった。地元の小児科医で、日野の子供たちもお世話になったのだと言う。青木先生は小太りで人の好さそうな容貌をしていたが、ワインを飲みながら話し始めると非常な早口だった。

「すっかり遅くなったのはだね、飯田から帰ってきたとこだからなんだ」

「飯田って長野県の飯田ですか？」

日野が言った。

「そうそう。でも、とんぼ返りだったから。学会でね。つまりね、もうほんと行って帰ってきただけなんだけど、あの街は面白いね」

「どんな感じなんです？　飯田って」

高之も興味を惹かれた。

「中央アルプスと南アルプスに挟まれててね。下の方をね、つまり天竜川沿いに国道が通っているわけなんだけどそっちはわりと殺伐としてるんだよ、郊外型の店舗なんかはあるけれど特に個性はない。それよりはるか上に街があるんだ。街のなかでもあらゆるとこに坂があって段々畑みたいになってさ、天空の街ってなもんだよ。中心部にリンゴ並木なんかあったりしてちょっとびっくりするよ。それとあの辺は田切《たぎり》って地形で、天竜川に向かって山から下りていく渓谷も深いんだ、まあ変わってる」

「尾道《おのみち》みたいな感じですか」

耀子さんが口を挟んだ。

「尾道？　いや尾道は知らない。リンゴ並木があるのかい」

青木先生は少し驚いたように言った。高之もそれは違うだろうと言いたいのだが、なにしろかれも尾道に行ったことがない。飯田だって通り過ぎたことしかない。

「坂道が多いって言うから。そう言われると私、景色がすぐ尾道に変換されちゃうの」

「ここだって坂だらけじゃないか」

日野が笑いながら言った。

話がかみ合わないのはつまり、青木先生以外は誰も飯田市内を訪れたことがなく、なおかつ耀子さんしか尾道を見たことがないからなのだった。まるで、伝説の妖怪について談義しているようなものだ。

噂なんてものは殆どがそうだ。人の噂にも社会の噂にも「飯田尾道談義」は多いのかもしれない。それでも何か言いたくなる街というのは価値があるのだとかれは思う。

「フォッサマグナだっけ？」

日野が言った。

「いや、糸静線《いとしず》のこと日野は言いたいんだろうけど」高之が割って入った。「あれはもっと東だよ。中央構造線が近いんじゃないかな」

「そうだ。ゼロ磁場のなんとか峠とかいうパワースポット……」

「分杭峠《ぶんぐいとうげ》」

耀子さんが答えた。

「そうそう分杭峠。飯田から行くんだよね。一度行ってみたいねって言ってたんだ」

「もちろん僕としてはパワースポットなんて言い方には極めて、懐疑的だがね」

青木先生の言葉に高之は頷いた。

「フォッサマグナって東縁ははっきりしてないんですよね」

高之が言った。

「ああ、新潟から千葉とか言われてるけどあれはどうなんだろうね。利根川のあたりなのか、もっと東なのかわからんね」

串揚げとサラダ、漬け物などが出揃うとこれで一区切り、という感じで、店を切り盛りしていた羽鳥君と南条君も話に加わることになった。それまで飯田のことをまくしたてていた青木先生が、高之に向かってこう言った。

「西君。日野君から話は聞いていたんだけどね、すばらしいことだよ。何も決まってないっていうのは」

いきなり何を言い出すのかと思う。ふつうなら嫌みかと思うところだ。

「この年になるともう、殆どの人間はしがらみでがんじがらめだろ。日野君から話は聞いた？」

「話って？」

高之はキツネにつままれたような面持ちになった。

「まだですね」

羽鳥君が言った。

「どういうことです？」

すると青木先生が言った。

「西君、青梅に移住しないかね」

藪から棒になにを言うのだ。飲みに来ないかなどと言って、俺を誘致しようとしているのか。日野は一体なにを企んでいるのか。高之は日野を睨んだ。日野はそんな高之の反応は想定内だという顔で、話し始めた。

「俺らは暮らしていければいいし、収入が増えれば増えるほどいいなんてことはないわけ。高く売る必要もたくさんのものを仕入れる必要もない。ハンドメイドにこだわりすぎたり、身の回りのものを最高級品で揃える必要もないんだよ。街もそうだと思ってるんだ」

「そういうのは奥多摩の人がすればいいんだ」

南条君が言った。

「それより信用できそうな人と少しずつ関わる。よく、少しずつたくさんの人に依存するのがいいよなんて言うんだけれど」

　そこで再び青木先生が高之の目を見て言った。

「西君は、なにができるんです？」

　なにができるのか、と聞かれて高之は戸惑った。

　人に誇れるようなことはなにもない、最低限の家事と庭仕事、あとは、趣味でやっている街歩きのブログ、歴史への興味、仕事はごく一般的な事務仕事くらい。

「それをほしい人がいるんだよ、一人や二人じゃなくて」

　青木先生が言った。

「どういうこと」

「つまりね、全くの素人じゃない人がほしいところはたくさんあるんだよ。書類書いたり、役所に行ったり、法律調べたり。人を雇うほどの余裕はないけれど、なにも知らない人に頼むわけにもいかない仕事がいっぱいあるもんだ。ついでに力仕事とか。なんていうか、汎用エンジンみたいな人が実は完璧だと思うんだよね。ところが派遣業者に頼むとマージンはとられるし、仕事はマニュアル化されてるから細かい融通なんてきかないんだ」

「それは、自分なんかじゃなくてもいくらでも」

「それをね、これぞ自分の仕事だ、と言って立ち上げてほしいわけです」

「自分らもそうですけれど、やりたいことしかできない自営っているんですよ。あとタイミング的にどうしても手がまわらなかったり」

羽鳥君が言った。

「だけど実際問題として、それじゃ食えないと思うんですけど」

「月二回、時給千円で考えたとしたら、十件もあれば当初はいけるんじゃないかな。月に三回の人もいるだろうし、その十件が十五件になるのは、全然問題ない。ここを拠点にすれば周辺からいくらでも仕事は来るし、軌道に乗ったら仕事のサイズは考えていけばいいと思うんだ」

「ちょっと待ってくださいよ」

高之は日野に、どういうことなんだ、と言った。

「どうしてこういう話になったかと言うとね」

耀子さんが言った。

「もともとは、空き店舗があっても、おじいちゃんおばあちゃんが生きてるうちは壊したくない人がたくさんいるのね。できれば顔を知っている範囲で借りてくれたら、家賃と管理費で相殺できるんじゃないかって話になって」

「空き家対策ってこと？」

「なかなかそんな話できそうな人もいないじゃない」

飛んで火に入る夏の虫、という言葉が浮かんだ。

「俺たちもいい加減なノリで言っているわけじゃなくてさ、それなりに切実さはあるんだ。わかりにくいかもしれないけど」

日野が言った。

「空き家対策と、さっきの仕事の話は別のことだろ」

「もちろん別のことです」南条君が言った。「だけど、ただ住んでくれだけじゃ人は呼べないので、僕たちもそれなりに考えたんです。アーティストとかフリーランスとかそういう人だけ呼んだんじゃ、結局うまくいかないって」

「でもあまりに、突然すぎるよ」

高之は、自分の声が弱々しくなっていることに気がついた。

「すぐに決めろなんて言わないから、一度考えてみてくれないかな」

耀子さんが言った。

大勢で囲んで説得するというのは卑怯ではないかという反発と、まさかそんなうまい話があるものかという思い、そして目の前に突然現れた流れに乗ってみてもこれ以上失うものもないのではないかという考えがかれを混乱させた。

4

引っ越しが終わった翌日、かれは御嶽《みたけ》駅まで電車で出かけ、遊歩道を歩いて沢井《さわい》の小澤酒造を目指した。日射しはまだ強いが、木陰にはところどころ涼しい空気がたまっていて、日陰とのコントラストが強くなっている気がした。

多摩川の源流は川底まで透けるほどの透明度だった。夏の終わりを惜しむ家族連れや学生たちが、まだ大勢いた。ラフティングや河原での遊びを楽しむ人たちを横目で見ながら、明日から仕事を始めよう、と久しぶりに思った。

吊り橋を渡ると、澤乃井《さわのい》園だった。和風庭園のなかにたくさんのガーデンテーブルが置かれ、パラソルの下では人々が談笑し、酒を飲んでいる。家族連れも、カップルも、男性ばかりのグループも、犬を連れている人もいた。

この世の楽園みたいなところだな。

高之は大きく溜息をついた。そして汗を拭きながら一巡りし、売店で酒とつまみの冷や奴を購入すると、川のほとりの大きな東屋に席をとった。

大きな屋根の下から、渓谷を包むような木々のみどりに目を細め、それじゃあいただきますか、と日本酒を手酌する。ああ幸せだ、と思う。

「おもむろに」

と頭のなかで声を出して、豆腐を崩し口に運ぶ。しっかりとした豆腐だった。豆の香りが喜びとともに口中に広がっていくのを、酒で追いかける。

「ふああ」

溜息をつくつもりが、声になってしまった。隣に座っていたじいさんが笑った。どうも、と挨拶して連れが飲み物を残したままであることに気がついた。

「お連れの方、戻って来ないですね」

「……この世にはもういないから」

その意味を理解するまでに数秒かかった。

「なるほど」

「小澤酒造さんの庭園にまた来たいねえなんて、ばあさん、よく言ってたもんだから」

かれはふと思いついて聞いた。

「陰膳《かげぜん》って、生きてる人にしてもいいもんなんですか?」

「もともとはそうだよ!」

とじいさんは言った。

陰膳は旅に出た人の安全を祈って供えた食事だという。現在ではもっと遠い旅に出てしまった死者に対してもするのだが、もとは生きている人間に対してのものだ。

「じゃあ、俺も別れたかみさんに」

盃を向かい側に置き、両手で酌をしたが、隣のじいさんのようにしっくりとした空間は生まれず、空虚でわざとらしい感じだけがした。沙和子がもしこんな行為を知ったら本気で腹を立てそうな気がした。こんなことをするよりも、俺は現実を否定して、彼女とこれから会うふりでもして妄想していた方がずっといいのだ、と思った。

かれは手を伸ばして盃を摑むと、ぐいと飲み干した。

「なんだか未練がましくて、よしました」

じいさんは静かに笑った。

どっちかと言えば俺が旅、だよなあ。俺が旅に出てしまったようなものだよなあ。旅先でもばらばらだったけれど、あとで落ち合うのは楽しかったな

岡山の夜をかれは思い出していた。

ああいうことはもう、二度とないのか

明日からは、もう本当に働くのだ

かれはもう一度、決意の念を心に繰り返し、そして立ち上がった。いつの間にか空は雲に覆われ、今にも雨が降り出しそうになっていた。駅に着いた途端に雷の音が近づいてきた。高之が電車に乗り込むと東へ向かう猪となった雨雲が、たたきつけるような雨とともに追いかけてきた。

9　なにもかもがそこに

二〇一六年十一月

1

「あと少しの男手が欲しいときに！
　事務仕事　書類作成　役所関係　調べ物　ペットシッター　買い物　留守番　草刈り
農作業手伝いなど雑用承ります。その他応相談、時給1000円～1500円」

　青梅の旧いずみ写真館に住み着いた高之が始めた「雑用屋」の商売が、九月を過ぎて少しずつ回るようになってきたのは、照実寺《しょうじつ》の女性住職、岡本聡恵さんと出会ったことが大きい。さっぱりした、歯切れのいい話し方をする彼女は青木医師の幼なじみで、高之とも同世代だった。

　住職からの紹介となれば、檀家の人間の信用もあるし、無茶な依頼もされないのである。悪い意味ではなくこういうのを権威というのだろうな、と高之は思った。

父親が亡くなったと兄から聞いたのはその頃のことだった。顔すら思い出せないのに、父が板橋に住んでいたなんて言われても、なにをどう感じていいかわからない。

「案外近いところにいたんだな」

吉祥寺の喫茶店で、高之は兄に言った。

言ってから、葬儀も納骨も済んでしまった人に近いも遠いもないのか、と思う。息子二人を置いて家を出たまま何の援助もしなかった人間の死を悼《いた》むという感覚もない。

「きょうだいもいたらしいんだ」

兄は途方に暮れたような様子で言った。

「そんなこと言われてもなあ。俺は関わらないよ」

ただ出て行ってのたれ死ぬなり、さびしく暮らすなり、ほかのひとと結婚することだっていたしかたないとは思う。だが「きょうだい」というのは理解できない。男だろうが女だろうがいくつ年が離れていようが、自分や兄に似たところがあろうがなかろうが、別の話だ。関係ないと言い切れると思った。

ただ母のことを考えると別の気持ちが湧いてくる。

友達を羨んだことはなかった。うちはうちなんだから仕方ないと思っていた。わがままを言えば母が傷つくなどと気遣った覚えもない。たとえば私立の学校に行くとか、予備校に通うとか、教習所に通うお金を出してもらうだとかそういう選択肢がないことを不満に思ったことはなかった。だが父、というよりも母のかつての結婚相手がこんな近くで暮らしていたと知れば、やりきれないなあと思うのである。あの頃のうちでは滅多にケーキだのなんだのというものは食べられなかった。母がよそ行きの洋服を買うこともなかった。ほかの友達の家のような、二泊三日や三泊四日の家族旅行に行ったこともない。母がわりを食ったのだと思うとやりきれない。

高之は兄に、相続は放棄するつもりだと告げた。

「まあそうだな」

兄は言った。

「お母さんはなんて言ってた？」

「私は他人だからって言ってた」

顔も覚えていない自分には相続の権利があるのに、配偶者だった母は他人なのである。それは到底納得できることではなかった。

兄は言葉を選びながら、

「今までの分として俺が相続して、その分でお母さんの面倒を、という考え方もあるんだ」

と言った。それは兄の考え方なのだからかまわないと高之は答えた。そして見えていない負債を相続しないようにとつけ加えた。

高之は、自分になにかあったとき沙和子には何の権利もないのだと思った。離婚によって自分は沙和子から財産分与を受けたというのに、もしも今後幾ばくかの金や不動産を得たところで、こちらから渡すことはないのだ。他人なのだ。一番お世話になったひとのうちの一人なのだからもしも残せるものがあるとしたら、という心情に反するようだがそういうことなのだった。

「どっちにしても面倒そうだな。相続でも相続放棄でも」

兄は高之と違って、法律や書面が苦手なのである。

「面倒っていっても役所とか裁判所のことだから。俺ちょっと調べるよ。兄さんも一緒にやればいい」

「お線香あげに行かなくていいのかな」

兄はまだ当惑したような顔をしているのだった。もしそれで気が済むのなら香典でもなんでも送ればいい。

「でもそうしなきゃならない必要はないだろ。もし俺たちのどっちかになにかあったとして、あのひとが訪ねてきたと思うか？」

そう言うと漸く頷いた。

それから数日後、兄もまた遺産の相続を放棄することにしたという連絡がきたのだった。

2

しばらく立て込んだ雑用屋の仕事が、やっと途切れた十一月半ばのことである。遅くに

起きた高之が店の前を箒《ほうき》で掃いていると、

「ドライブでも行きませんか」

という声がした。

見ると岡本住職がそこにいて、笑っている。

「え、今からですか？」

高之は少しまごつきながら言った。

「ええ。夜はお通夜だからお昼までだけど」

「はあ」

「小河内《おごうち》ダムでも行きましょうか」

住職の白いクラウンは橋を渡って吉野街道に入った。車のなかは清潔で、ほのかにいい匂いがする。

青梅の地形は多摩川沿いの細長い河岸段丘である。北側がJR青梅線と青梅街道、南側を走るのが吉野街道である。比較的新しいと思われる歩道が整備され若い街路樹と植え込みがある郊外のお手本のような景色だ。狭い区画にプレハブの家を詰め込んだ住宅地ではなく、冷たい感じの豪邸も高層の建物もない。石材店も酒屋もあるがそれらはゆったりとした庭のある建物と並んで「昔から当たり前にこうでした」と言っているようでもある。梅郷《ばいごう》や柚木町《ゆぎまち》といった名前も好ましい。

ちょうど紅葉が街まで下りてきたところだった。庭先の植木も、低い外壁の蔦《つた》も鮮やかに染まっている。

「どこの家も神社みたいに見えますね」

と高之は言った。

「え、どうして？」

聞き返すときもこのひとは笑顔なのだなと思う。

「鳥居が、ひしめきあってるみたいにどこもかしこも、赤くて」

そう言ってからなんだか変なことを言ったと思う。それでかれはとってつけたように住職から紹介された仕事の報告と礼を言った。紹介された人々は穏やかだったし、仕事は古書の整理や庭の手入れ、模様替えなど無理のないものばかりであった。人々はこんな些細なことに困っていたのかと驚くこともあった。そう告げると住職は満足げに頷いていた。

御岳《みたけ》を過ぎてから多摩川を左岸に渡ると、道は古里の駅前で青梅街道に合流する。

「ここはまだ青梅市ですか？」

「古里だから、もう奥多摩町に入ってますよ」

「『こり』って読むんですね。『ふるさと』じゃないんだ」

個人が生まれた場所ではなく、古い時代からある里なのかと思うと土地を俯瞰《ふかん》して眺めるような気持ちになる。

線路沿いの道はいよいよ山が近くなり、張り出した杉林の影を踏んで走るようだった。

奥多摩は青梅線の終点である。

「ひのはら街道っていうんですか」

日原街道の看板を見てかれは言った。

「『にっぱら』ですよ」

「え、じゃあ鍾乳洞もにっぱらだったんですか」

「そうです。『ひのはら街道』は御岳山の南の檜原《ひのはら》村の方」

「へえ。恥かかなくてよかった」

「檜原村もドライブするにはいいところですよ」


日原街道との分岐を過ぎればあっけなく奥多摩の街は終わり、連続したトンネルをいくつも抜けていくと小河内ダムのコンクリートの堤体が目の前に迫った。

小河内ダムのダム湖である奥多摩湖は青梅市内から一時間とは思えないほど静かな山あいの場所だった。一見、これがあの有名なダムかと思うほど小さな湖に見えるのだが、実際は渓谷に水を貯めているので、山地にくさびを打つように曲がりくねりながら細長く続く湖なのだった。人造湖に裾野を埋められた急な山の斜面は、日射しを浴びて金色に輝いていた。着物の柄のようだと思った。

「戻りましょうか」

高之がぼんやりと窓の外を眺めていると住職が言った。

「これ、どこまで続いてるんです？」

「山梨県まで」

「へえ」

「ぐるっと回っても来られるけど、今日はこの先で引き返してダムサイトでお弁当食べましょう」

「ダムでお弁当売ってるんですか？」

高之は、ご当地のダムカレーのようなものを想像したのだった。すると住職はばつの悪そうな顔になって、

「お口に合うかどうかわかりませんけど、簡単なもの作ってきたんです」

と言った。

奥多摩湖の入り口の方まで引き返し、湖がよく見渡せるベンチで手作りの弁当をいただく。

そのときになって高之はもしかしたらこれはデートというものではあるまいか、と思ったのだった。

赤い麻の葉模様の風呂敷に包まれていた角形の弁当箱を開くと彩りの美しい巻き寿司が入っていた。

「これ、手作りなんですか」

高之は驚いて言った。

「あり合わせなんで邪道巻きって呼んでるんだけど」

こっちが海老フライ巻き、こっちが牛肉の甘辛いやつ、と住職は言うのだった。出来合いのものか手作りのものか高之には到底区別がつかないけれど海老フライは「相当ちゃんとしたもの」であり、ウスターソースの味付けなのに寿司飯と合っていた。牛肉も上等な、おそらくは和牛の肉であり、甘みとピリ辛が混じっているのに品がいいのである。海老フライはレタスとともに巻かれていたが、牛肉の方は高之の知らない野菜が使われていた。

オシャレな弁当だなあ、とかれは思う。

お坊さんだというのにこういうものを作り慣れているのだろうか。それともなにか特別に作ってくれたものなのか。

いやはや。もしかしてこれはデートというものではあるまいか
同じことばが頭の中を回る。

その先に思考が進まないのだった。

お花畑のような弁当だとかなんとか言葉が見つかればいいのかもしれないが、照れくさくて高之は「美味しいです美味しいです」と下を向いて言った。そして住職が魔法瓶からメラミンのマグカップに注いでくれた香りのいいほうじ茶をすすったのだが、どうにも落ち着かない。ほうじ茶にこのマグカップはちょっとな、と考えて、まるで自分がケチをつけようとしているみたいだと気づいた。

するとなにか背中の後ろが涼しいようなおかしな気持ちがしてくるのだった。確固たる

地位もあり仕事の面倒も見てくれる、そんな親切な女性と眺めのいい場所で二人きりで過ごしているというのに、心の底からそれをありがたいと受け容れることができないのだった。

いくらなんでも虫が良すぎるのではないか、俺がそれから思った。

沙和子だったらこんな弁当は作らないだろうな

決して料理ができないとか下手というわけではない。もちろん愛情だってこもっていた。だが味は良くても盛りつけなどは大ざっぱな方だし、色合いに気を配ったり菜っ葉を何種類も使い分けるような細やかさはない。その無骨さが無性に懐かしくなったのだった。

俺はこんなところにいるけれど、北海道は寒いんだろうな

もう雪は降ったのだろうか。一緒だった頃は天気予報なんか見てあっちの景色を想像してみたりもしていたんだが、今年のことはさっぱりわからない。沙和子だってそんなことを求めてはいないだろう。だが寒い街で一人佇んでいる沙和子の姿が浮かんだ。ほんの一瞬、その孤独で不機嫌な表情をいとおしいと思った。

「ご馳走様です。こんなすごい弁当食べたことがなかったので無口になっちゃってすみません」

住職は手早く弁当の包みを片付けながら、

「いいんですよ」

と笑った。

「帰りましょうか」

ああ、見抜かれてしまった、と高之は思う。

気のなさが顔に出てしまった。

なんというもったいないことをしているのだろう
気まずくならないようにしようと思う帰り道は、気まずかった。

「青梅って、街道が多いですよね」

かれは苦しまぎれに言った。

「全部、村だったんです。吉野もそうだし小曾木《おそき》も成木《なりき》も村だったんですよ」

「ああ、独立してたんだ」

「昭和三十年に大合併があったんです」

「小曾木街道って、駅のそばから坂のぼっていくとこですよね。実はすごい気になってました」

「あとで行ってみたら？」

信号待ちで高之の顔をまともに見て、住職は言った。

「車、使わないから貸してあげますよ」

3

かれは住職からクラウンを借りることにした。青梅の駅前を過ぎて、小曾木街道へ入ればいきなり山と言っていいほどの勾配である。つまり街はそこで途切れているのだった。街と村、村とその次の村の間には山や鬱蒼とした雑木林がある。ちょうど絵巻物の雲が場所や時間を隔《へだ》てるように、その隔ては今のこの時代にもちゃんと維持されている。高之はそれをありがたいことだと思った。

やがて成木街道との交差点の信号があった。左折すると、これまた小曾木と成木の隔ての峠となる。峠道を下ればきれいな水が流れる小さな川沿いの風景となった。小さな寺や神社が多く、古い橋や石垣が多くあった。住宅のまわりもこざっぱりと手入れが行き届いている。ゆるやかにのぼっていくと対岸に銀杏の木があって、寺へと続いている小径は眩しいほどの落ち葉で黄金色に染まっていた。

街道沿いの成木の街並みが途絶えると峠にさしかかった。

川沿いの景色に別れを告げ、トンネルに向かう勾配へと踏み出したとき、ふと頭が軽くなるのを感じた。ここのところずっと自分が歯を食いしばって生きてきたような気がした。

ああ、それで顎が疲れてたのか

決してがんばってたわけじゃないけれど

環境が変わったからなのか、一人でいる時間も、なんだか人や街に気兼ねしていたのかな

ゆるくカーブしたトンネルが東京都と埼玉県の境であった。トンネルを出て坂を下っていくとき、突然かれは、内側でなにか変化が起きたのを感じた。

一つのはっきりとした目が開いたのだった。

喉元のようでもあったし胸や額だと言われたらそうなのかもしれなかった。自分でもその目がどこにあるのかはわからないが、あるということだけは確実なのだった。高之はごく自然に「ああ俺の身体は二重の構造になっていたのだ」と思った。そして内側の素朴で強い目はこれまで、痛みを抱きしめるようにぎゅっと閉じていたことがわかった。

飯能《はんのう》市の西に位置する旧名栗村《なぐりむら》で、穏やかな集落を流れるのは成木よりももっと自然に近い小川だった。キャンプ場の看板が目を引いた。クラフトの工房やちょっと驚くような山頂の観音像、そして水遊びができる河原などもあった。夏休みに来る場所だと思う。若くて遊びの上手いお父さんのいる友達の家族と来るような。そうだ、そんなこともあった。

友達の家が羨ましかったのだ俺は。いつもお母さんが家で笑っていて、お父さんはクルマとスポーツ観戦が好きだった。友達は自分の家族に足りないものを気にしたりしない。何かを必死で隠そうとする必要もない、それが羨ましかったのだ。

かれの内側で目を見開いたのは、少年の頃のかれ自身だった。ピュアでのんきなやつだ

ったが、のんきだからといってなにも感じないほど愚かではなかった。

「おまえだったのか」

もちろん声には出さずに、ハンドルを握った高之は胸の内に話しかける。

「久しぶりだな」

沈黙があった。

「それとも、ずっと一緒だったのか」

そうだよと言われた気がした。

「そうか。そうだったんだな」

いつからそうやって目をつぶっていたのか、ここ最近のことなのか熊谷の頃からだったのかはわからない。だが今、その目は十分にみずみずしかった。そして穏やかに睫毛《まつげ》を揺らして瞬《まばた》きをするのが感じられた。

目をつぶっていたのは外側の自分だったのかもしれない。一見ふらふらと、自由気ままに生きているように見せつつ、実際は過去に切り捨ててしまった悔しさや嫉妬といった感情を感じないようにしていただけなのかもしれない。

もう終わったことだからいいんだよ、と言われた気がした。そう言えるのは外側の、大人の自分ではなく、静かに景色を眺めている少年のかれだけに許されることであった。

「納得してたわけじゃないいんだな」

大人の高之は少年に向かって言った。

「決めつけて悪かった」

そして川沿いの道の待避スペースに車を停めて、流れを見に行った。水は澄んでいて箱眼鏡でも使えばいくらでも川の生き物が見つかりそうだった。それからかれは渓谷を彩る山々を見上げた。

山は豊かだなあ
とかれは思った。

だが、次の瞬間考えを改めた。

単にこの季節のものがいろいろ取り揃えてある、という豊かさではないことに気がついたからだった。

山にはなにもかもがある！

そう思った瞬間、頭の右上の方で四角い鏡が光を反射したような気がした。プラスチックの白い定規が空中に浮かんだ。名前も知らない珍しい弦楽器が古めかしい和音で鳴った。赤いカニがゆっくりと横切っていった。オレンジ色のスーパーボールが大きく弾んで、それっきり消えた。青いビニールと白いビニールで世界地図の模様を描いた凧が川に落ちていった。空を覆ってしまうほど大きな羽を持ったツマグロヒョウモンが西の空から近づいてきた。ひっくり返された桶から水がざあっと流れた。それらはピュアなのんき者である高之少年の記憶の断片だったかもしれない。なにが起きたのかかれにはわかりようもなかった。ただ、そういうものが竜巻のようにかれに襲いかかり、通り過ぎていったのだった。

かれは再び県道に復帰した。

いくら走っても看板に示されるのは、右が飯能、左が秩父というたった一つのパターンだけだった。まるでこの世に秩父と飯能しか存在したことがなかったような気がしてくる。小さな声で「あのう熊谷は」とか「せめて東松山あたりも」と聞いてみたくなるが、拒絶するが如く「秩父、飯能」の一点張りである。もしもスカンジナビア半島を北上したら、左がノルウェー、右がスウェーデンそれしかありません、フィンランドについてはまだ考えなくてよろしい、と言われるのだろうかと高之は妄想した。ノルウェーが秩父でスウェーデンが飯能という考えはかれの気に入った。

名栗村を過ぎてもまだ前進したいのだった。かれは次の峠へと向かった。急勾配も急カーブもところどころですれ違いが難しくなるような道幅の変化も、身体のバランスを感じたり、振動が加わることのなにもかもが面白く感じられた。

秋の初めに来たのであれば見えなかったであろう景色が、早くに落葉した木々の枝の間に透かし見えていた。手前の杉の塊の外には雑木林が見え、もうひとつ遠くの山々の稜線が見え、頼りないほど薄い色の空のかけらが見え、それからまた今さっき通ってきた方角に集落が見え、立ち上る煙が集落と空を静かに結ぶのが見え、そこへ至る道が三日月のように細く短い弧を描いて光っているのが見えた。

すべてがそこにある、というのは、もちろん見えないものまでも含んでいた。

春先に咲く木の花はもうすっかり蕾《つぼみ》を準備していて、やわらかい地面の窪みは苔《こけ》で覆われていた。土のなかには条件さえ揃えばいっせいに芽吹く草の種が眠っていた。そして来年の青葉の繁りも来年の実りもそしてまた来年の落葉も、地上を横断する動物たちも樹木の内側や地面のなかに息づく虫たちも土の粒のなかの働き者の微生物たちに至るまですべては既にあり、あるいはまた準備されているのだった。いつ反故《ほご》にされるかはわからないが約束として成り立っているのだった。

人間には個々に暮らしがあり、暮らしという白い紙箱のなかには和菓子のようにやわらかく傷つきやすい心が備わっていたのだった。誰もが二度と思い出さない過去を持ち、決して実現しない可能性を持っていた。それらもまた、反故にされるかもしれないが一応の約束として存在しているのだった。それらの約束事はすべて連続していた。たとえ反故にされ、小さな断絶があったとしても、約束という大きな流れ自体は決して途絶えることがなかった。それらは何万年、何十万年の単位で成立しているからなのだった。

見えるものも見えないものも、爆発的に増えて生態系を破壊する種も絶滅した生物も、後に主流となる突然変異もなにもかもが備わっていたのだった。終焉を迎えた文明も、忘れられた流行も死者もさまざまな歌やしきたりも、今現在と同じことなのだった。そして未来もその時間に含まれていた。

「全は個にして個は全なり」という言葉をどこかで聞いたことがある。このことなのだと思った。

すべてはばからしく、同時にいとおしいと思われるだけの価値を持っていた。矮小《わいしょう》な存在でありながら無限と繫がっているのだった。かれは巨大な織物の一本の糸を構成する微細な繊維にすぎなかったが、その織物は単色でありながら虹のようにあらゆる色を含み、軽くしなやかなのに織り目は誰にも解きほぐすことができないほど複雑なのだった。

今までに感じたことのない強烈な多幸感に包まれたかれは「俺、死ぬんじゃないか」とすら思った。もちろん個人の死もまた虫の卵のように準備されたものだった。死はイレギュラーのない精密なシステムの一部であり、すべての生き物の死を含めて自然は豊かなのだった。

4

正丸峠《しょうまる》への分岐を過ぎ、かれは国道299号との交差点へ下りていった。ぽっかりと木立《こだち》が開けると、そこにはさっきよりも色が濃く見える空があった。もう秩父盆地の空なのだとわかった。

横瀬《よこぜ》町《まち》という町名をかれは初めて見た。道の駅の名は「果樹公園あしがくぼ」。

いったいここはどこなんだ、と高之は笑いたくなる。だがここから先はもう山ではないという安心感があった。秩父盆地のはずれに位置することはわかっている。駐車場の奥には西武線の駅だってある。国道の向かい側には石垣の上に立派なご神木が立っている神社もあった。完全に人間社会の側に下りてきたという実感があった。すると妙に人恋しい気持ちになるのだった。さっき感じたことを上手く言葉にできないだろうけれど、話したかった。きっと沙和子なら聞いてくれるだろう。住職だったら仏教の話と結びつけてくれるかもしれない。だが違う気がした。日野や青木医師に話すことでもなかった。

俺は誰に会いたいのだろう、と高之は思った。だがその前に腹が減っている。

食堂に入り、食券売り場の前でかれは少し迷ってから「わらじカツ丼」に決めた。セルフサービスのお茶を飲みながら待っているとカウンターから、

「味噌ポテトのお客様！」

という声がしてびっくりする。かれは味噌ポテトなるものを食べたことがない。だが気になる語感だった。相席の老夫婦の旦那の方は、呟くように「味噌ポテトもいいな」と言った。消え入りそうな声だったが嬉しそうでもある。奥さんの方も「ええ」と応じた。そう言いながら二人は蕎麦をすすっている。

その次は「コーヒーとモツ煮のお客様！」だった。

あんまりだろう。なぜおいしいセルフのお茶があるのにコーヒーとモツを一緒にするのだ、腹の底から笑いがこみあげてきたがこらえているうちに「わらじカツ丼のお客様！」

と呼ばれた。

わらじカツ丼は薄い楕円形のカツをタレにつけてごはんに載せた、卵で綴《と》じないタイプのカツ丼であった。カツはからっと揚がっていて、タレの甘みが強かった。このあたりでは「あまじょっぱい」などと言うのかもしれない。しゃくし菜の漬け物はさっぱりしていて旨かった。この次来たときには手打ちうどんを頼んでみようとかれは思った。

久しぶりのドライブで、背中から腰にかけてが重たくなっていた。おそらくここからは東松山か花園か、そんなあたりから関越道に乗って青梅まで帰ることになるのだろう。

でもそれじゃあなあ

いずみ写真館に戻って寒い部屋に電気をつけるところを思った。

それじゃあ寂しいような気がするなあ

思い浮かんだのはかれが前に暮らしていた、熊谷の沙和子の実家である。義両親にはよくしてもらっていた。離婚で家を出ることになったときにも、「家族から親戚に戻るつもりでいつでも訪ねてきてほしい」と言われていたほどなのである。もちろんあのひとたちにとって秩父は熊谷とは別物で遠いんだろうけれど、青梅から来た俺にとってはすぐ隣のエリアである。

真に受けていいのだろうか。図々しいだろうか。

いや、「お言葉に甘えて図々しい」なんていうのは東京二十三区の考え方ではなかったか。熊谷の義両親は、そういう裏表はない人たちだ。そんなことを考えながら直売所でちちぶ山ルビーという品種のぶどうを買った。先に手土産を買ってしまえば、それが訪ねる口実になると思ったのだ。それから、熊谷の家に電話をかけた。

「あらあ久しぶり！　今どこなの？」

かつての義母は、まるで友達の電話を取ったときのような明るい声をあげた。

「秩父のそばまで来たんですけど、今日って、このあといらっしゃいますか？」

かれは心の底からよかった、と思った。なぜそう思うのかはわからなかったが、たとえば今日の行程のように、周遊する道路の最後のコーナーが垣間見えたような、そんな気持ちがしたのだった。

10 遠い楽園

二〇一七年十二月

1

晩秋の海が見下ろせるすばらしいロケーションである。

人生最大の失敗がこんな眺めだとは思わなかった。

ボルトとプレートを入れる手術をした後の入院生活は、痛みが少しやわらいでからは単調で、さしあたってしなければならないのは車椅子から松葉杖に移行し、慣れることだった。退院はまだ先のことだった。

これからどうするのか、社内では誰に話をするべきか、いずれは決めなければいけないのだが、面倒で投げ出していた。何もしたくなかったのだ。それに帰るべき北海道は遠かった。

沙和子はエレベーターホールの大きな窓から横浜港を苦々しく眺めていた。みなとみらいも赤レンガ倉庫もこんなにじっくりと眺められるのなら、マリンタワーの展望台なんて行かなくてよかった。

旅先の横浜で沙和子が交通事故に遭ったのは五日前のことである。マリンタワーに行ったのはその前夜だ。あれがベイブリッジ、あれがランドマークタワー、あれがインターコンチネンタルホテル、横浜の夜景は美しく、名所も覚えやすくできている。階段を下りたワンフロア下の展望台では、ライトアップされた氷川丸がぐっと近く見えた。たった数メートルしか差がないのに、手に取るように街が近く、はっきりする。その分、上のフロアで見えていた遠くの範囲は見えなくなってしまったはずなのだが、見えないことは認識できない。

サクラギチョー、イセザキチョー、カンナイ、モトマチ、ヤマテ。方角や地理がわからなくても当たり前の顔をして言える地名。札幌の、座標で表す地名は便利だけれど、そういう覚えやすいタグはぐっとくる。パリに初めて行く人だって同じ知ったかぶりが嬉しいのだろう。「これがエッフェル塔、これが凱旋門、これがセーヌ川」何区にいるかはわからなくても、それらのシンボルは誰が見ても明らかだ。

暗がりのなかで、連れがずっとこちらを見ていることに気づいた彼女は組んだ腕をそっとほどいて、内側に掌をすべらせた。知らない土地の名前を覚えるように、この人に慣れていくのかなと思った。きれいにして、大事にしてもらって、気持ちはクールなままで、そういう今までにないつき合い方もあるのかなと。

相手は五十代後半の取引先の人間だった。苗字ではなく、ただ単に「専務」と呼んでいた。大きな会社ではないが、たしかな会社ではある。気の利いた話のできる人だった。たとえばワインやブランデーの話、北欧の国々の社会制度の話、ハリウッド映画の話、物足りないけれど誰も怒らせない。減点ポイントの少ない男だった。何事もほどほどにこなし、精神的にも安定している。男としての魅力もそこそこにはある。もしも断ったら、こちらが悪いような、こちらの器が小さいのだと感じさせるような男だった。おそらくその雰囲気で社会的に成功してきたのだ。

翌日の午前中は鎌倉を散策して、午後には羽田に向かう予定だった。午前九時にホテルをチェックアウトして外に出た。沙和子は通りを渡ろうとして、駐車車両の脇から出てきた車にはねられたのだった。倒れたときには痛みより驚きの方が強かったが、足首が完全におかしな方向を向いているのを見た瞬間に骨折とわかった。

そのときは「専務」も一緒にいたのだ。救急車が来た後のことはわからないが直前まではその場にいたはずだ。野次馬のように。激しい痛みでそれどころではなかったが、当然、後から病院に駆けつけてくれるものだと思っていた。しかしそれっきり姿を消した。ＬＩＮＥはブロックされ、電話も繋がらない。

北海道に戻ったのだろう。何事もなかったかのように自宅に。会社に。

このことはバレるのだろうか。糾弾されるのだろうか。「彼」の奥さんから内容証明の郵便が届くのか。いやそんなふうにはならない。事態が表沙汰にならないように「彼」は姿を消したのだ。

もしかしたら、職場に戻れないかもしれないと思った。

働き方がどうであれ、能力的に不可欠な人材であれ、そんなふうにしてプライベートでの不都合から辞めていく女性がたくさんいた。現実として考えたことはなかったが、沙和子は長年そういう人たちを見てきたのだ。

会社に、形式的に戻っても続けることはもうかなわないかもしれない。そのための理由なり進め方なりは、あちら側が用意してくるのだろう。

時間を巻き戻したい。それが無理なら自分が消えてなくなってしまいたい。切り出し小刀で左腕に「後悔」と刻みたい。中学生の頃、夕方になっても家に帰りたくなくて、彫刻刀で机に傷をつけていたことを思い出す。刻んだ字がばかばかしくなっても消すことはできない。こすった手は汚れ、がさがさになる。おそらく一度か二度のことなのに、いまでもなぜかはっきりと映像も感触も蘇るのである。

どこから時間を巻き戻せばいいのだろう。不用意に道を渡ろうとして、停車中の車両の陰から出てきた乗用車にはねられたところからか。いい気になって朝からホテルのバイキングを食べていたところからか。そこで「新しい生き方になるかもしれない」なんて愚かな言葉を発したところからか。あの男といい気になって高層階のジュニアスイートに泊まったところからか。妻子あるあの男といい気になってミズマチバーで酒を飲み、夜景を見たところからか。逃げ帰ってしまった妻子あるあの男といい気になって手を繋いで三溪園《さんけいえん》をめぐり、写真を撮ったところからか。札幌に逃げ帰ってしまった妻子あるあの男といい気になって中華街で飲茶をしたところからか。素知らぬ顔で札幌に逃げ帰ってしまった妻子あるあの男といい気になって横浜にやって来たところからか。交通事故の一部始終を見ていながら素知らぬ顔で札幌に逃げ帰ってしまった妻子あるあの男といい気になって横浜旅行をするなんてプランを受け容れてしまったところからか。

すべてだろう。そのすべて。あの男もたしかに悪いが、自分も同罪である。引き返すタイミング、とどまるタイミングは何度もあったのだ。沙和子はためらいを故意に見逃し続けたのだった。

そもそも離婚なんてしていなければ、あの男と現地で落ち合ってごはんくらい食べることがあったとしてもさすがに一緒に泊まったりはしなかった。そう思ってから、まるっきり高之への思いやりがなかったことを反省し、そういう問題ではない、とまたもとの考えに戻っていく。

消してしまいたい。時間を巻き戻したい。どこかの時点で、「やっぱり帰ります」と言うべきだった。「これ以上は無理です」と。

腫れのひかない、だるい足をもてあましながら、病室のベッドの上で彼女が逃避するために繰り返し思い浮かべるのは幼い頃にテレビで見た古いアニメーション映像だった。ねじの音や鳩時計の音にはっとして振り返った瞬間を彼女は覚えている。「おもちゃの交響曲」に合わせて、青や黄色のシンメトリな幾何学模様が崩れ、変化して別の模様になり、フクロウが出てきたような気もする。少し不気味で、色や形にはサイケデリックな要素もあった。吸い込まれるような気がして怖かった。夢の続きみたいだった。フクロウは夢とうつつの境目にいるようだった。

随分前に動画がアップされていないかと探したけれど当然そんな昔のものはなく、代わりに見つかったのは曲に関する少し変わったエピソードだった。「おもちゃの交響曲」は、かつてはハイドン作曲と言われていたが、後にレオポルト・モーツァルト（ヴォルフガング・アマデウス・モーツァルトの父）作曲という説に変わり、今ではアンゲラーという神父によるものだという説が採用されている。

2

その日の午後、車椅子で洗濯室から戻って来た沙和子を病室で待っていたのは、この怪我の経緯を最も知られたくない人間、元夫の高之だった。

「殴られるのはいつも意外な方向からだ」

という言葉が浮かんだ。

テレビドラマかなにかで聞いたのか、それとも誰かが引用していた言葉だったのかは忘れてしまったが、すっと出てきた。

「具合、どう?」

高之は静かな口調で言った。

「急に来ちゃってごめん。もし嫌なら、帰るけど」

「なんで来たの?」

洗濯物を仕舞いながら沙和子は、自分の声が尖っていると思った。

なんで来たのか。

親がわざわざ話したからに決まっている。ほかにこのことを知っている人はいないのだから。

これは罰なのか。

どこから巻き戻せばいいのだろう、という問いに「入院を親に知らせたところ」という項目が加わる。なぜ赤の他人となった高之に病院まで教えたのだろう。「見舞いに行ったらいい」なんてすすめたのだろう。今にはじまったことではないが、どういう神経をしているのだろう。父とともに横浜の病院まで駆けつけてくれたときには、今度こそ母に感謝しよう、素直になろうと思っていたはずなのに、また怒りがこみあげる。私のすべては母の干渉から始まった。

　だが、元夫はのんきな口調でこんなことを言うのだ。

「神奈川県警のフォントっておもしろいな」

「なんの話？」

「パトカーに『神奈川県警』って字が書いてあるでしょ、その書体だよ。なんかに似てると思ったらナショナル文字だよ。ナショナルの看板とか説明書に書いてあったロゴの字、覚えてる？」

「知らない」

「そっかあ」

「神奈川県民じゃないし私。で、さっきからなんで来たのかって聞いてるの」

　聞きたいのはなぜのこのこやってきたのかということだ。

「拝島《はいじま》から八高線。で、八王子から横浜線で来たの。青梅から横浜って意外と不便だよね。あ、俺今は青梅に住んでるんだ」

「そうじゃなくて私の気持ちとか考えなかったの？　私なんにも聞いてないんですけど」

　言葉が強くなる。

「ごめん」

　そう言うと高之はごそごそとリュックの中を探り、グリーンの化粧箱を取り出した。

「いやお見舞いをね。タオルだから、気兼ねなく使って」

「ありがとう」

受け取って収納棚にそのまま置こうとすると、

「俺が開けていい？　ホットマンのタオルって、すごく吸水性がいいやつ。青梅で作ってるんだ」

と言って緑色の化粧箱を引き戻した。

「どうぞ」

草木染めのような色のバスタオルだった。

「すごくいいものっぽい」

そう言って沙和子はタオルに手を触れた。

「俺、やっと少し食えるようになってさ」

高之は言った。そしてふわりと沙和子の顔の上にバスタオルをかけた。

「つらいときは頭から被るといいよ」

「つらくて、痛くて情けなくて。いつも布団かぶってるよ」

「こうやって空気穴をあけて、そこから外の世界を見るんだ」

楕円形の穴が鼻先にできていた。

「なによ」

「太古の昔を思い出すんだよ。浜辺の洞窟に住んでた原始人の頃とかさ。獣だって人間だってこうやって巣穴で息をひそめてたんだよな」

ダイナミックな情景は広がらなかったが、やわらかな洞窟にいるという想像は可能だった。

「ちょっと落ち着く気がする」

と沙和子は言った。

「どこで怪我したの」

「関内」

泊まってたホテルのそば、とは言わなかった。

「君に怪我をさせたやつは？」

「私も悪かったし、それはわかってるんだけど」

言いかけてから、聞かれているのは一緒に旅行をした札幌の顧客ではなくて、車を運転していた人のことなのだと気がついた。

「ちゃんとしてくれた。お見舞いもきてくれたし、あとは保険屋さん通して補償とかそういう話もしてるから、大丈夫」

問題はそこで逃げてしまった男なのであるが、それは高之には言えない。母親は、用事もない娘が横浜でふらふらしていた理由を察しているはずだ。だが、もしも何か勘づいたとしても、言えない。

沙和子は事故の話から離れるように治療計画の話をした。

「ここ来る前に、ラー博寄ったんだ」

話が途切れると高之が言った。

「なにそれ」

「ラーメン博物館。横浜線って新横浜通るんで、途中で降りて。君行ったことない？」

「ないよ、だってわざわざ横浜来たのにラーメンじゃ……」

「ああそうだよね、でもさ今は外国のラーメン店だって出店してるんだぜ。ブルックリンのツナコツラーメンとかさ、ドイツのザワークラウト入ったラーメンとかさ」

「いくつ食べたの？」

「ミニラーメン三種類で撃沈した」

ばかねえと久しぶりに思う。

「でもなかなかよかったんだよ。昭和三十年代の街並みを再現してるんだ。俺、テーマパークとかってちょっと厳しく見ちゃうんだけど、夕暮れのちょっとせつない感じとかちゃんとしてきて、雰囲気あったよ。生々しさとか汚さとかざわざわする感じとか。駅の切符切りの音とか昔の地下道が臭かったこととか思い出したよ」

そう言いながら、高之の視線は収納棚に向いていた。そこには明らかに普段の沙和子の趣味とは異なるバッグが置かれている。ピンクのキタムラのセミショルダーは、誰か友達が忘れていったように見えるかもしれなかったし、横浜という都会に遊びに来た地方の財界人が元町で女に買い与えたものだと正しく読み取れるかもしれなかった。もし問われたら趣味が変わったのだと言い切れるだろうか。彼女はそのバッグを気に入ってはいなかった。

　だが高之は視線を沙和子に戻して言った。

「怪我する前に、少しは横浜で遊べた？」

「うん」

　誰と来た、とは聞かなかった。

「どこ行った？」

「三溪園」

「ほう」

「すごく立派でいいものでした。お庭だけじゃなくて重文の建築物とかたくさんあって、それがせせこましくなくてね」

　すると高之は珍しくスマホを取り出して目の前で検索した。そして、

「三溪園は横浜の生糸貿易で財をなした実業家・原三溪によって造られた広大な庭園。京都などから移築された歴史的建造物が季節の花や景観の移り変わりとともに楽しめる」と読み上げた。

「大人のデートに最適だそうです。よかったじゃん」

「自然にあるとかじゃないから、整いすぎてる感じではあるんだけど、あそこまで広くて

たくさん揃うとすごいなって。よく手入れされてたし」

喜ばせてもらっている、という気持ちになるのだ。そのときはそう思った。ちょっとした冒険だった。事故が起きなければちょっとした冒険として思い出したくなったかもしれないくらいの。

「根岸の昔の競馬場は行かなかったの？　三溪園からそんなには遠くない」

高之が地図を見たままで言った。

「行かなかった」

「昔のスタンドが廃墟になっててね。中には入れないらしいんだけどすごく有名なんだ。俺だったら絶対行くなあ」

「うん……」

「馬の博物館っていうのも、前から行ってみたかったんだよなあ。バスで行けるかな」

「行けばいいじゃん、今から」

だが高之は言った。

「なんか欲しいものある？　売店行ってくるけど」

沙和子は首を振る。夫婦のままだったら車椅子を押してもらって一緒に行ったのだろうかと思う。しばらくぼんやりしていたが、あの眺めのいいエレベーターホールまで迎えに行くことにした。ホールの脇には面会スペースがあって、ベンチもあるはずだ。

戻ってきた高之はエレベーターホールで待っていた沙和子に紅茶のペットボトルをすすめ、自分は炭酸水を飲んだ。

「中華街は行った？」

「うん」

「海老蒸し餃子食べた？」

「うん食べた。海老マヨも」

「君、海老好きだもんねえ」

「そうよ」

「俺だって君と行きたかったよ中華街」

できそこないの短歌みたいだと思った。沙和子は曖昧に頷いた。

「北海道にいるから手が届かないと思って諦めたのに、なんでこんな、横浜なんかにいるんだよ」

「ごめんなさい。ほんとうに申し訳ない」

「いやもう、謝んないで。俺はね、ただ君とデートがしたかったの」

「うん」

「つまりそういうことだよ。俺が君に感じていることはいつだって仮のことだったんだ。君がつらいとか痛いとか、わかんないんだ。なりかわって共感してあげることもできない」

「それ以前の問題なの」

沙和子は深いため息をついた。

「私ね、自分がどうしたいのかわかんなくて。誰かに悪いとか、相手の気がそれで済むんならとか、そういうことしか考えてなかった。でも、もうだめみたい」

「なんか困ってることあったら、言いなよ」

まさかこの年になってこんなことで悩むとは、と思う。

自分さえ我慢すればいいと思って暮らしてきたのだ。母とのわだかまりがあっても問題にしたりやり直したりしなくても済むように。出向先の待遇に満足しなくてもやっていけるように。だが、今までのやり方は失われてしまった。乗り継ぎに失敗したときの列車のように、行ってしまった。沙和子は今、誰もいない駅のホームに佇んでいるような気持ちなのだった。

「昔は、いろいろ考えなくてもやっていけたんだよ」

と高之が言った。

「でも、ロールモデルが絶滅しちゃったんだよなこの国は。さてここに離婚した男女がいます。かれらは親戚でしょうか友人でしょうか、それとも二度と会わない方がいいのでしょうか」

「そんなのケースバイケースでしょ」

「その通り。お手本がないからその場で判断するしかないよ。ロールモデルがいないってことはみんな初見演奏しなきゃいけなくなっちゃったってこと」

だが高之の表情は清々《すがすが》しかった。その姿は結婚していたときよりも日に焼けて引き締まって見えた。

「いやあ大した眺めだね。俺ね、すごいの思い出しちゃったよ」

高之は大きな窓の前に立って言った。

「今度はなに」

「三菱みなとみらい技術館ってとこがあるんだ。ロケットのエンジンとかもあるんだけどさ、MRJの展示があるっていうんだよ。MRJ知ってる？」

「クルマかなにか？」

「飛行機だよ三菱の。YS－11以来なんだよ国産の旅客機は。YSはプロペラだったけどMRJはジェットで、ターボエンジンなんだ。もう全航空ファンの夢なわけ。それに美しいんだよ。航空機ってのは『美しい機体は性能が良い』って言われてるんだけどさ。ああ絶対行かなきゃなあ、みなとみらい寄って帰ろう」

沙和子はばかげている、子供じみている、と思っていた自分を恥じた。

そういう話になりかけるたびに、高之はやれラーメンだの飛行機だのと話をそらす。それはかれの優しさだった。これから行くんだと言いながら、ちっとも出て行こうとはしないのだった。

ギンザ、アサクサ、シンジュク、シブヤ。

静かに頭の中で唱えてみる。

「子供の頃、お茶の水って地名がおかしくてね。お茶の水って言うだけで転げ回って笑っていたの」

「なんで」

「お茶はお湯で入れるのに、なんで水なのって。あと、町の名前にお茶なんてついてるのがおかしくて」

「日本のへそ」も、なぜ街なのにへそなのかと笑った。でも、ああいう気分はもうわからないのだ。

オチャノミズ、ヨツヤ、シンジュク、ナカノ、コウエンジ。

「高さん、私ひとつだけわかった」

「なにが」

「私ね、一度でいいから東京に住んでみたかったの」

「どこに帰るにしても」

面会時間の終わりに高之は言った。

「俺が車出すから、退院のときは呼んでください。羽田でも熊谷でも、送るから」

「ありがとう」

高之がそれを言いに来てくれたのだとわかった。二人で病院を出る姿が浮かんだ。

3

前に横浜で、古い商店街を歩いたことがあった。

あれはどこだったんだろう。名前がどうも思い出せない。川とか橋がつくようなところだった。

今でもまだあるのだろうか。

高之は日没まで歩いてその街を探すことにした。

秘密のデートだったんだ。ジャズのイベントに誘われて自分より一回り以上も下の女の子と出かけたんだ。別になにかやましいことがあったわけじゃなくて、ライブは楽しかったけれどその後なんだか険悪になって、相手が帰っちゃったんだよな。

馬車道じゃない。イセザキ・モールでもない。

俺は、彼女と二度と会わないように歩き続けた。違う方へ違う方へと歩いた。それでタイムスリップしたみたいなすごいアーケードを見つけたんだ。俺の地元である戸越銀座みたいでもあったし、蒲田っぽくもあったけど、もっとすごかった。

最初は「魅惑のコロッケ商店街」って名前をつけたんだが、コロッケに限らずやたら総菜を売ってる店が多かった。鰻とか煮物とか漬け物も多かった。アジフライとアジの天ぷらと両方揃えて売っている店もあった。一年中おかずに困らないようなところだったんだ。ああ腹が減る。

黄金町《こがねちょう》から太田橋、阪東橋へと歩きながら沙和子のことを考える。沙和子は高さんと言ったけど俺は呼び捨てにするのが悪いような気がして、でも沙和子さんとも言えず、今日は一度も名前を呼べなかった。

かれは頭のなかのプラネタリウムを思う。頭蓋骨の内側のそこは半球の形をしていて、毎晩自分だけの番組が投影されるのだ。

沙和子の頭のなかのプラネタリウムにはいつも同じ悲しい番組がかかっている。自分は駆逐《くちく》される、楽園から追放される、という悲劇だ。ときにそれは若者に阻害される老人であり、宗教の異なる外国人の排除であり、宇宙人の侵攻であり、嫁と姑だったりもする。機械化が、コンピュータが、人工知能が生身の人類を奴隷化するストーリーもある。殆どの未来予想は外れるというのに、彼女はいつも悪い結末を予測する。

もちろん誰でも、各々のシナリオに沿った物語しか描けないのだが、沙和子のは結局いつもオリオンと蠍《さそり》の悲しい話だ。

彼女の不自由さは完璧主義から来るものなのだろうか。

それとも慣れ親しんだ罪悪感と決別するのが怖いのか。母との葛藤を捨てるのが怖いのか。だから俺のようにオリオンにも蠍にもなれない雑魚は重用されないのか。

かれが辿り着いたのは、札幌から来た沙和子を連れてきたら鼻で嗤《わら》われそうなほど、質素で愛想のない「大通り公園」だった。行きつ戻りつしているうちにかれはやっと目指す街を見つけた。信号の向こう側のアーケードの入り口には、「よこはまばし」と書いた看板がかかっている。橋の名前が思い出せなかった理由はそれがあまりにも直球すぎたからだと気づいた。

行き交う人々の服装は普段着で、店番をしているおばさんたちの「いらっしゃい」という声は思いがけないほど優しい。青梅よりもずっと濃い空気が流れていると思った。

商店街は、記憶とほぼ変わらぬ活気を残していた。

魚屋は銀色の魚をいっぱいに盛ったステンレスのバットを並べ、何軒もある肉屋の看板は鶏や豚などといった各々の得意分野を強調していた。果物屋はスタジアムのように奥が高くなっていて、店の隅には贈答用のカゴが積んであった。荒物屋のおつりは天井からぶら下がったざるに入っていた、小さな電器屋もあんパンやロケットパンが旨そうなパン屋もあった。中華総菜ばかりの店やキムチが何種類も並ぶ店は記憶よりも増えたような気がした。怪しい色の分厚い樹脂の窓とレースのカーテンで内側が見えない喫茶店もあった。チェーン店もあるにはあるのだが、主張が目立たない。ファストフード以前、コンビニエンスストア以前の暮らしはこうだったのかと思う。

なぜ、脳は昔を思い出したがるのだろう。思い出せないことを悔しがるのだろう。なぜディテールの完璧さを求めるのだろう。自分の知っている過去と少しでも違っている他人の表現を指摘し、責めるのはなぜなのだろう。まるで自己を否定され、自分の生涯が書き換えられたかのような気持ちになる。

なぜそこにこだわるのだろう。

そんなものは仮の街に過ぎない。本人が遊ぶためのテーマパークに過ぎない（それにしてもラー博はよく出来ていた）（ずっと前にドイツから来た、沙和子の親戚の鈴香ちゃんを連れていってあげたかった）。昔過ごした場所からもう二度と追放されたくないと思っているのだろうか。しかし遠い記憶の場所はあれは、本当に楽園だったのだろうか。

11　大きな木のもとに

二〇二二年四月

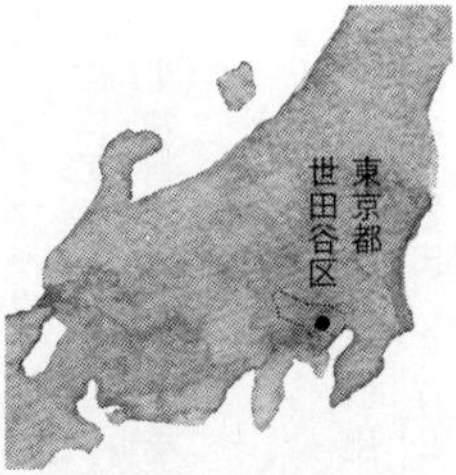

1

どこかに行くたびに「何年ぶり」とか「なんとか以来」と言うのはやめたいと高之は思った。いったい誰に「俺も俺も、昔は俺も」とアピールしたいのだろう。いやなおっさんになったものだ。学生時代に遊んだ街に行くということは、交錯する若い自分と現在の自分を同時に見つめることなのだった。下北沢に行くということは、そうやって苦い顔で蓋《ふた》をしなければならないくらい心浮き立つことなのだった。小田急線の車両っていうのは何度モデルチェンジをしてもぱっとしない配色になるんだなあ、と頭のなかでケチをつけ、冷静さを保たなければ、はしゃいだ表情が顔に出てしまいそうなのだった。

過去のことは、見えている気がしているだけで多くのことを忘れてしまっている。都合のいいことだけが、都合良く脚色されて残されている。当時の自分は今の自分とは別人と言ってもさしつかえないくらい違う。それなのに、現在の意識が過去の自分の隅々まで覚えていて、支配しているつもりになってしまう。現在とはなんと尊大なのだろう。

長い工事期間の終わった下北沢駅は、小田急線の地下化で南北の分断がなくなったらしい。新しい広場もできて風景が様変わりしたと聞いてはいるけれど、道の歩き方くらいはわかるだろう。いつになく、同じ車両に乗っている若いひとが気になる。自分が若かったときより、ずっときちんとしていて賢明に見える。学生の頃の俺は、薄っぺらい幸福を漠然と夢見ていたんだろう。また景気がよくなればなんて考えていた。貧乏学生だったけれど、悲壮さはなかった。ぼんやりしていたのだ。

そんなに懐かしいのなら、嬉しいのならなぜこれまで何十年間も来なかったのか。さらっと行動ができなかったせいもあるが、戻りたくないという思いもあった。

現在の下北沢は若者の街ではない。学生もわざわざ来ないし、劇場もライブハウスも再開発でごっそり移転してしまった。二〇二〇年の東京オリンピックの後にアラブストリートが出来たのは駒場のモスクに近いことも理由のひとつだった。ハラール料理の店が軒を連ね、外国からの旅行者や中長期の滞在者も多い。

地下のホームから新しい中央口に出てきた高之は、広場に立ってかつての風景を思い出していた。今、再生しなければ頭のなかの映像が上書きされて永遠に消えてしまいそうな気がした。

改札から階段を下りてきた北口の正面にはスーパーマーケットのピーコックが入った古い建物があり、右には戦後すぐの時代に出来た闇市みたいなマーケットがあった。表にあるのは八百屋だったか果物屋だったか。ほうじ茶や沢庵《たくあん》のにおいの記憶もある。奥には輸入用品店があった。台の上にはジーンズやパーカーが積まれていた。高之はそこにヘインズのTシャツだのコンバースの「バッシュー」だのを見に行ったのである。上野の中田商店のように米軍放出品を売っているところを見たことがないのに、頭のなかでは「放出品の店」だと認識していた。実家のそばのジーンズショップと商品は変わらないのに、アメリカの生のにおいがした。あのにおいの実体はなんだったのだろう。乾燥剤か洗剤かそれとも消毒薬だったのだろうか。

下北沢なんていうのはもともとの駅前以外は、住宅街だった。静かな街のなかに、生活の余裕を感じさせるような趣味のいい店が出来て噂になった。自由が丘と同じだと兄が言っていた。パルコやセゾンのような、ユニットごと持ち込まれた文化とは一線を画していた。だが二つの街はまったく違う道を歩んだ。

2

日射しは強かったがからりとした空気の爽やかな日だった。

紺のポロシャツにハーフパンツという恰好で駅前のベンチに座っていた元夫を見た途端、沙和子は今がいつだかわからなくなるような気がした。それほど高之は若々しく見えた。かれの方も沙和子を見つけると立ち上がり、眩しそうに目を細めた。

「その節は、いろいろとほんとうにありがとう」

そう言って高之は頭を下げた。一昨年の暮れ、高之の母が亡くなったときに、シンガポールから一時帰国していた沙和子は弔問に訪れたのだった。

「高さん、落ち着いた？」

「おかげさまで。そっちはどう」

「なんとかね。お花、ありがとう」

開業祝いとして、高之から立派な胡蝶蘭が贈られてきたのだった。それからまたやりとりが少し密になり、今日は沙和子の方からランチに誘ったのだった。

「お祝いの花贈るなんて初めてで、合ってるかどうかわからなかったんだけど」

かれは照れたように言った。

「事務所、寄っていくでしょ？　すぐだから」

「うん」

高之の表情を見て沙和子はほっとした。事務所を見せたかったたし、共同経営者である山内航太のことも紹介したかった。高之に認められたい、ほめられたいという気持ちがまだあるのだった。

「高さん、体調の方は？」

「今のところはすっかり元気」

「よかった」

「動けなかったからねえ前は」

「うつ病って思ったより、ずっと時間がかかるんだよね。私もわかってなかった」

「君こそ、足の怪我は平気なの」

「もう大丈夫」

沙和子にとっては横浜で怪我をしたことが人生の転機となった。肩を叩かれて会社を辞めた彼女は札幌からシンガポールに渡り、取得していた米国公認会計士の資格を生かして現地の会計事務所で働いた。顧客の多くは日本企業の現地法人で、忙しかったがその分実入りはよかった。しかし情勢が変化すると現地を撤退する顧客が相次ぎ、彼女も見切りをつけて日本に戻ってきたのだった。

中央線沿線が住むのにいいと思って、とりあえずの住処を西荻窪の賃貸マンションに決め、起業のための準備をしていたのが一年前のことである。仕事が軌道に乗ったら引っ越せばいいと思っていた。

新宿で行われた起業セミナーに参加していた山内航太と再会したのはまったくの偶然だった。航太は函館に旅したときに案内してくれた元同僚の弟である。妙にウマが合うというのか、それぞれの経験や目標を話すうちに、共同経営で訪日外国人向けの保険ショップを立ち上げる話になった。彼女の金融に関する実績やシンガポールでの経験も、函館で看護師として働いていた航太の知識も役に立つ。

なにより航太はフェアな男だったし、思い切りも良かった。一緒に働く相手として理想的だった。

シンガポールでの三年間、彼女が何度も思い浮かべたのは冬の樹木だった。木枯らしやからっ風に吹かれる冬の樹木である。蕾も新しい芽も秋のうちにたくわえてある。沙和子は自分をそんな木に喩《たと》えた。からからに乾いた地面にも少しずつ雨が降るようになり、雨のあとには猛烈な春の風が吹く。

それでも風を凌いで立っているうちに、あるとき、空気が軽くなっていることに気がつくのだ。

春めいた日射しが差し込み、少し遅れてひばりが鳴き始める。春が嬉しくて頭がどうかなってしまったのではないかと心配になるほど、めちゃくちゃに飛びながら鳴く。淡い色の空の下、冬を凌いだ大きな木のもとにほかの小鳥たちもやってくる。帰ってくる。花の蕾も新芽もふくらんで、大きな木はもうすぐ鳥たちのことを守ってやれる。

沙和子はそんなイメージをあたためていた。

仕事は忙しかったが、案外こころの内は静かであった。

「下北沢も変わったでしょ」

「二子玉川みたいにしたかったことはわかる」

高之は店の外にハンガーラックを出している古着屋を見やって言った。

「でも、ああいう店は変わらないね。何十年たってもラルフローレンのシャツとかラコステのポロとか。俺もそんなのばっかり着てるしね」

美容院のテナントが入ったビルの二階が沙和子の事務所だった。保険ショップは複数の会社の保険を扱っていて、旅行者から長期滞在者までいろいろなニーズに合わせることができる。また、旅先での怪我や疾病《しっぺい》に関する相談も受ける。場所がよかったせいもあり、事業の滑り出しは上々であった。

「きれいなオフィスだねえ！」

高之が言った。エントランスにはかれが贈った胡蝶蘭が飾られている。沙和子はガラスパーテーションに仕切られたミーティングルームに案内した。向かい合ってコーヒーを飲もうとした瞬間、急に笑いがこみあげてきた。離婚した相手がクライアントのようにすました顔で目の前に座っていることが、おかしくなったのだ。

「なに」

高之は怪訝な顔になった。

「不思議だよね」

「うん」

「今も青梅に住んでるの？」

「うん。でも青梅で借りてたとこは今月一杯で新しいひとに譲るんだ」

「そうなの？」

「一度来てほしかったな。商店街の古い写真館の二階に住んでたんだ。幽霊みたいに」

幽霊にしては、日に焼けていて元気そうである。

「これから、どうするの？」

「回遊しようと思ってる。今は犬の一時預かり所の方が需要があってそっちばっかりだから」

「犬の預かり所？」

「観光地とか温泉街で犬を預かる仕事。二時間以内で、食事でも買い物でも温泉でもゆっくりしてきてくださいっていう」

「へえ、初めて知った。高さんが考えたの？」

「うん」高之は白い歯を見せて言った。「俺が考えた。人間は温泉やレストランに入りたいし、祭の人ごみじゃ動物はかわいそうだからさ。誰かに連れて行かれる心配をせずに涼しい場所に預けられたら、もっと出かけたいひとがいるだろうなと思って。それで小学校とか役場の駐車場とかに仕切りを作ってタープを張ってね。夏は忙しいよ。花火大会とかイベントとかあるから」

熊谷で暮らしていた頃、高之が犬を飼いたいと言っていたのを思い出した。それを止めたのは自分だった。

これまで犬を飼ったことがないから、面倒が見られるかどうかわからない、と沙和子は思っていた。ペットの死を経験し、いつでも思い出して悲しい気分になれる自分の方が一歩先にいると思っていた。より多くの経験をした者の方が決定権があると思っていた。だがそれは思いあがりだった。

「大人しく待っていられる子ばっかりじゃないんでしょ」

「待ってる犬はね」と高之が言った。「飼い主のことをものすごく心配してるんだ」

「置いて行かれて不安なんじゃなくて？」

「まあ、聞いてみたわけじゃないからわからないんだけどね。でも犬は離れていて守ってあげられない飼い主のことを、心配してるように見えるな」

「そうなの」

「ちゃんと俺のことも覚えてて、二度目からは『なんだあんたか』って顔で見られる」

「いい仕事ね」

「君みたいに世界で活躍してきたひとに話すのはなんだか恥ずかしいけれど、廃校活用プロジェクトとかで少しずつ仲間が増えて、拠点も増えてきてるんだ」

「それで、回遊するって言ったの？」

「そう。学校って大体、大きな木があるじゃない。夏は木の下が一番涼しいんだよね」

「ああ、大きな木ね」

沙和子は自分自身が大きな木になっているイメージをしていたのだ。高之がその下に天幕を張って犬と過ごしているとは知らなかった。

3

外出していた航太が戻ってきたので、三人は昼食に出かけた。

高之が山内航太と会うのは初めてだった。沙和子とはどういう関係なのか。ただ仕事上のみの協力関係だから共同経営者なのか、それ以上の関係なのか。名前で呼ぶのは、友達の弟だからということだけなのか。横浜でのこともある。彼女はもてるのだ。そもそもかれはまだ独り身なのか、それとも彼女や奥さんがいるのか。感じの悪いやつだったらいやだなと思っていたが、「ただいま戻りましたあ！」と、気持ちのいい挨拶とともに戻ってきた男はやけに清々しいのだった。紺のスーツも無駄のない体格にぴったりと合っている。男の俺がいいと思うくらいなのだから、沙和子にとってはもっと好ましいに違いない。

俺は元妻のなわばりにのこのこやってきてしまったのだろうか。沙和子はいったいどういうつもりで俺を呼んだのだろう。

アラブストリートにはパキスタン、マレーシア、トルコ、ペルシャなどの料理を出す店や食材の問屋などが集まっている。沙和子が予約していたのは最近とても人気があるというイエメン料理の店だった。高之にとっては初めてのイエメン料理は、羊肉と野菜、米を石鍋で煮立てたサルタや、スパイスのきいたそら豆、アラブ風の薄いパン、ひよこ豆のペースト、そしてハーブのたれをかけて食べるスズキのローストとビリヤニに似た米の料理などで、スパイシーではあるがとても食べやすい味付けだった。三人はお互いの仕事について話し、そして内戦が続いて渡航することのできない国のことを思いながら豊かな料理をゆっくりと味わった。

航太から最近どんな街に行ったのかと問われたので、高之は清里の話をした。

「清里ってわかる？」

「清里高原のことですよね」

「そう。八〇年代に「高原の原宿」とかいって盛り上がったんだ」

沙和子が頷くと、

「長野でしたっけ」

航太が言った。

「あの辺は山梨になるんだ。でも八ヶ岳とか野辺山高原に近い。清里って、小河内ダムを造るときにそこにいられなくなったひとたちが移住して開拓したみたいね」

高之は岡本住職とドライブした小河内ダムの景色を思い出す。だが航太が訊いた。

「懐かしい感じがしましたか？」

「いや、全然。兄の世代だし、八〇年代も九〇年代も俺は好きじゃないから」

そこはなにか、強調しておきたい気がしたのである。

当時の清里のシンボルだったティーポットのオブジェはぼろぼろになって今でも残っていた。高之は、中学生のときに兄から見せられた写真を覚えている。兄は彼女とお揃いのアイスグリーンのトレーナーを着て、白のストレートのデニムをはいていた。昔の女子大生は重たくカールした真っ黒な長い髪で、意志が強そうに見えるメイクをしていた。美しいとは思えなかった。

かれが大学生になったときには、経済としてのバブルは崩壊していたが、生活や価値観はまだその影響下にあった。その借り物の価値観がまた、うとましい。

過去をダサいと思うのは、なぜなのだろう。ファッションや、流行語だけでなく、全体を否定したくなる気分。嫌っているのは昭和三十年代の古さだけではなく、昭和五十年代、どうかすると平成初期の古さだったりもする。たとえば千葉のスキー場だとか宮崎の屋内プール、今はもうなくなってしまった外国の都市を模したテーマパークの数々。一世を風《ふう》靡《び》して、時代遅れになってしまったものどもを、ざまあみろと蹴散らしたくなる気分。虚飾に満ちた時代が間違いだったと思う喜び。まったく同じ時間の自分の過去は美化しているくせに、兄や父の世代のものに強く反発する感覚。それは、なにかの怖れとリンクしているのではないか。

「アメリカ村って行ったことある?」

高之は沙和子に向かって言った。

「大阪の？」

「いや世田谷の」

「知らない」

沙和子は言った。

「アーリーアメリカン調のファミレスが環八沿いに集まってたんだよ。デニーズとかイエスタデイとか。たったそれだけで、アメリカ村って呼ばれてたんだ」

「へえ！」

「北海道にはデニーズが上陸しなかったですから」

航太が言うとすぐに沙和子が、

「函館は、ラッキーピエロがあるからいいじゃない」

と言った。

「ラッピーはいいですよ。美味しいし」

「メニュー違うんだよね、店によって」

「そうなんです。バーガーだけじゃなくてオムライスとかカレーとかあるんすよ」

かれにはわからない函館の店の名前で盛り上がる二人を見て、高之の気持ちはしぼんでいった。「村」とつけるのが恥ずかしいと思ったこと、目立つファミレスが三軒並んでいたのなら、それこそが「三軒茶屋」ではないかと言おうと思っていたが、それがひどくつまらないオチに思われた。

　この二人が異性の友達であろうが仕事上のパートナーであろうが恋人同士であろうが、そんなことは関係ないのだとかれは思った。俺はさらにその外の存在だ。俺なんか太陽系の第九惑星から外されてしまった冥王星みたいなやつだ。自分だけ、黄道から傾いてひねくれたような異常な軌道で回り続ける準惑星、その他大勢の名前も知られていないちっぽけな星となんら変わらない。


　食事の最後はオレンジケーキと練乳入りの濃厚なミルクティだった。

「みんなとは連絡取ってる？」

　顧客からの電話で航太が席を外したタイミングで、沙和子が言った。

「うん。日野は先週も会ったばっかりだし、寛ちゃんからもメールが来てた」

「岡山、また行きたいねえ」

　沙和子が言った。

「少し瀬戸内の方もまわってみたいな。犬島《いぬじま》とか、牛窓《うしまど》とか」

「そういえば俺、来月鳥取に行くんだ」

「犬の番の仕事？」

「ネットワークがあるって言ったじゃん。境港《さかいみなと》で大きなイベントがあってさ。仲間の手伝いでもあるんだけれど、また別な企画もしようって」

「車で行くの？」

「今回はさすがに飛行機かなあ。ほんとは、米子《よなご》までサンライズ出雲に一度乗りたいんだけどね」

「相変わらずだね」

沙和子が笑ったので、高之は思い切って「一緒にどう？」と言った。

「何時間かかるのよ」

「君、出雲大社行きたいって言ってなかった？」

「言ったよ。あと、足立美術館とかも」

「それはどこなの？」

「島根の安来《やすぎ》。横山大観のコレクションがとてもいいらしいんだけど、庭園が五つも六つもあって有名なんだよね」

「庭園か。三溪園とか行ってたもんなあ」

思わず口から出てしまった。沙和子は視線を外したが、腹を立てている様子はなく戻ってきた航太に、山陰の話してるの、と言った。

「奥出雲に旨いものが次から次へと出てくる電車があるらしいですよ」

航太が言った。

「ああ、それ、トロッコのおろち号だよ！」

高之は嬉しくなって言った。

「トロッコ列車?」

「車両の壁がなくて、要はオープンカーみたいなもんだよ」

「へえ。涼しそう」

「奥出雲ってすごくいいらしいですね」

航太が言った。

「すごくいいって、どういうこと?」

「具体的に何がいいのかわからないんですが、棚田の景色がいいとか。日本の原風景みたいなところらしいです。北海道出身だから余計そういうのに弱いのかもしれませんが」

「いやわかるよ。俺はそういうの、わりと真に受ける。説明しづらいけれどとにかくいいって、遠野とかもそうだよね」

「たしかに。遠野もそうですね」

「行きたいなあ」

沙和子が言った。

「僕も行きたいくらいですが、お邪魔するのはよしときます」

航太が言った。

「面白そうだからもう計画立てちゃいましょうよ。この場じゃなんだから、事務所に戻って」

やっぱり、とてもいいやつなのだ、と高之は思う。離婚した夫婦と食事なんてやりにくいだろうに、まるっきりそんなそぶりは見せない。もとは看護師だと言っていたけれど、その前は体育会系だろうか。

やっぱり紙のやつじゃないとだめなんだ、と言って高之は時刻表を買ってきた。事務所のミーティングルームに戻って、高之は時刻表をめくり、航太はタブレットを、沙和子はスマホで情報を見ている。

「こういうのは得意なんだ」

高之が言うと、

「そりゃあそうでしょう」

と、沙和子が応じた。

グルメ満載のトロッコ列車という選択は、沙和子との関係性ではちょうどいいと思った。寝台列車では距離が近すぎる。トロッコはもう少しカジュアルで、異性の友達とのデートだと言うこともできる気がした。

「寛ちゃんのところから行くとしたら、岡山だから伯備線《はくび》？」

伯備線は、岡山県の倉敷駅から、鳥取県米子市の伯耆大山《ほうきだいせん》駅までを結んでいる路線で、特急列車もある。

「新見《にいみ》までだね」

高之は路線図を見ながら言った。

「新見まで伯備線で行く。乗り換えて芸備線。備後落合ってところから木次線」

「きすきせん？」

「木に次って書いてきすきって読むんですね」

「伯備線の特急じゃないの」

「伯備線はやくも。おろちは、木次線なんだ」

どちらも南北を結ぶ路線だが木次線の方が西寄りにある。備後落合から木次まで、ゆっくり三時間かけて走るのである。木次から出雲市までは一時間余りで着く。

「備後落合発が12時57分ってことは、おそらくどこからでも来られますよって時間なんだろうな」

高之は言った。さすがに東京からどうぞとは言わないだろうけど、広島だって岡山だって、どうかしたら大阪からでもなんとでもなりますってことだろうと思ったからである。

航太は、

「一応見ておきますよ。岡山から備後落合」

と言って端末を操作していたが、

「いやあこれは！」

と大きな声を出すと画面を高之に示した。

「岡山からだと、新見に前泊しなきゃ無理ですよ」

「そんなはずはないだろ」

「だって、岡山の始発じゃ間に合いません」

高之は時刻表をめくって芸備線を調べた。

岡山始発　5時16分　伯備線　新見着　6時57分
新見駅発の芸備線の始発は5時18分、そのあと備後落合まで行く列車は13時01分までないのだった。

新見発　13時01分　芸備線　備後落合着　14時25分
おろちは12時57分発である。間に合わない。

新見駅前に前泊する、とする。

新見始発　5時18分　芸備線　備後落合着　6時34分
「おろちの時間まで六時間ある」

「飛行機のトランジットじゃあるまいし」

呆れたように沙和子が言った。

「新見から備後落合に行かずに、伯備線に乗ったらいいんですよ。米子に7時30分に着きます」

航太も笑いながら言う。

新見発　5時46分　伯備線　米子着　7時27分

米子発　8時11分　特急スーパーまつかぜ　宍道《しんじ》着　8時50分
宍道発　9時10分　木次線　木次着　9時43分
「これなら木次から10時07分発、備後落合行きのおろちに乗れますよ」

「それじゃおろち逆走じゃないか」

木次発10時07分に乗れば、備後落合から12時57分発のおろちで引き返して来られるのだ。

「それが六時間の正しい使い方かもねえ」

「そんなわけないだろう」

「高之さん、こう言っちゃなんですが、根本的に間違ってます」

航太が言った。

「どこがだよ」

「つまり広島のことは広島で解決してくれってことなんですよ。岡山から行こうとするからおかしくなるんです」

「だって、友達の家が岡山なんですもの」

沙和子が口を尖らせる。

「いや。それもあるけれど」高之は言った。「備後落合なんて言うから岡山から行けると思うじゃないか」

「えっ？」

と航太が言ったのと同時に、

「備後は広島」

と沙和子が言った。

今度は高之が「えっ！」と驚く番だった。

「そこだったの！」

「高之さん、岡山と広島、一緒にしたらいけません。関東人の傲慢です」

これが山内航太の道民なめんなって顔か、と高之は苦笑いする。

「そうか。じゃあ広島から計算してみるよ」

広島発　10時05分　快速みよしライナー　三次《みよし》着　11時27分
三次発　11時30分　芸備線　備後落合着　12時46分
「完璧です」

航太が胸を張った。

広島のことは広島で。

そりゃあそうだ。そもそも木次線と伯備線が両方存在しているというのはそういう意味なのだ。ちゃんと理由があるのだ。

「ねえ、航太君だったらどうした？」

「僕なら直接飛行機で出雲まで行きます。出雲大社に行きたいんでしょ。どうしてもおろちに乗るんだったら出雲から往復します」

「出雲大社より、おろちなのよこのひとは。目的よりも手段が大事なんだから」

「出雲大社は沙和子さんの希望。おろちは俺。だから両方行くんだ」

高之は言った。

岡山と広島を一緒にしてはいけないし、鳥取と島根を混同するのも失礼である。だが、高之には距離感が摑めない。頭のなかの地図の縮尺に自信がない。米子空港と出雲空港はいくらなんでも近すぎるのではないだろうか。埼玉も栃木も群馬も山梨も空港のない県である。青梅から羽田に行くのも一苦労である。熊谷からとどっこいどっこいである。鳥取県に二つ、島根県に三つの空港があると知ると、関東の西や北にも欲しくなるのである。

「岡山から新幹線で広島に出よう」

高之は渋々言った。

「それが正解みたいね」

沙和子が言う。

「君も行くんだよ」

「ほんとに大丈夫なのかな」

「なにがあっても行くんだ」

高之は、沙和子と二人きりで行動したいと切望したのである。そしてこれまで殆ど味わったことのない感情に動かされていることを自覚した。それは航太に対する対抗心から来ていた。航太が行ったことのない場所へ行きたいと思った。それが、些細なことであろうがかまわない。航太が知りうることのない時間を沙和子と共有したいと思ったのである。

12 沙和子さん、行っておいで

二〇二二年六月

1

二人は朝九時すぎの新幹線で岡山を出発した。福山を過ぎるまで順調だった新幹線は、徐々に速度を落としていき、とうとう東広島駅で停止してしまった。本来は停まらないはずの駅である。なにかあったのだろうか。

沙和子が高之の顔を見るとかれは、俺にもわからないよ、と言うように首を振った。

車掌のアナウンスまで少しの間があいた。

やがて、新岩国—広島間の強い雨で運転を見合わせたとの放送が流れ、車内がざわついた。

高之が手元のタブレットで気象情報を見せてくれた。降水を示す太い帯が、豊後水道から中国地方を横切って日本海まで突き抜けている。特に広島市の西側から島根県の浜田市にかけては帯の色が真っ赤になっている。今後の雨の予測を見ても、強い雨の帯の位置は停滞してほとんど動かない。

「乗るときはなんでもなかったのにね」

我ながら意味のないことを言う、と沙和子は思った。

「でも、新幹線なんてこれだけ本数があって、よくもまあ全部きれいに止まるもんだよな。上から見たら見事なもんだろうな」

高之の返事も似たようなものである。

二人とも、それにこの新幹線に乗っている乗客の大部分、いや、止まっている新幹線に乗っているひとの殆どが、数年前に大きな被害をもたらした豪雨災害のことを思い出しているに違いなかった。


「十時になっちゃうね」

思い出していることに比べれば小さなことだという気はした。二人は広島から10時05分発の芸備線みよしライナーに乗り換える予定になっていた。だが、広島まであと一駅というところで電車が止まってしまったので、その時間には間に合いそうにない。

「まあ、仕方ないな」

高之が言った。

「でもさ、広島駅で接続待っててくれるんじゃないかな」

「わからないけど、たとえば二十分遅れたら、二十分待ってくれるんじゃないか？　こちらは新幹線様なんだから」

ほどなくして、運転再開のアナウンスが入り、列車はゆっくりと動き出した。広島駅に着いたのは十時四十分過ぎだった。

あれほど高之が自信たっぷりに「待っていてくれるはず」と予想した「みよしライナー」はあっさりと時間通りに発車してしまっていた。芸備線の次の電車は下深川行きの鈍行になる。

「どうするの？」

沙和子が言うと、「わからんよ俺だって」と高之が言った。

「間に合わないのかな、次の電車じゃ」

「どう考えたって鈍行じゃ無理だろ」

駅のなかは戸惑う人々でごった返していた。

「一旦、駅出ようよ」沙和子が言った。「ちょっと、落ち着いて考えよう」

二人は改札を出て駅のなかの喫茶店に席を取った。沙和子はコーヒーを注文し、高之は時刻表とメモ帳をひっくり返すようにして見ていたがやがて、

「ああ！　だめだ」

「この新幹線を？」

と大きな声を出した。

二人が乗るはずだった快速は、三次駅に11時27分着、そして11時30分発の在来線で備後落合に行く予定だったのだ。そこからがこの旅のメインイベントである備後落合からの特別列車、木次線「奥出雲おろち号」だったのである。三次まで行く電車の本数そのものが少なく、このあとの芸備線を乗り継いでも三次着が13時54分、備後落合に着くのは、16時15分となってしまう。

「十六時って、今まだ十一時なんですけれど、なんで広島県内だけなのにそんなにかかるの」

「備後落合から宍道《しんじ》まで、そこからまた三時間かかるんだなあ」

「つまり、どういうこと？」

「簡単だよ、みよしライナーが待ってくれなかった、でも待ってくれたとしてもあまりにも接続がギリギリすぎてどっちみちだめだった」

広島まで来たのに、おろちには乗れそうもないということだ。

ついてない、と思う。

「どうしたらいいのかな」

「俺だってわからないよ。なんでも俺に聞くなよ」

高之はそう言うと立ち上がり、店を出ていってしまった。

どのみち、今夜の宿は松江なのだ。調べてみると広島駅から高速バスで行けば三時間余りのようだ。バスは広島電鉄と一畑《いちばた》バスが乗り入れていて、一時間に一本は出ている。仮に昼まで広島でのんびりしたって夕方前には着く算段だ。

高之は怒ったのではなく、考えを整理しに行ったのである。かれが頭を冷やして帰ってくるであろうことを沙和子は知っていた。岡山に着いたのは昨日の、ちょうどこのくらいの時間だったのに、ずっと前のことのような気がする。

岡山では大学時代の友人である寛ちゃんが後楽園を案内してくれた。ゆったりと見てまわると想像していた以上にすばらしい庭園だった。池の畔にはパワースポットみたいに心地のいい空気に包まれる場所もあり、手入れの行き届いた見せ場が次々と現れて飽きることがなかった。とりわけ気に入ったのが、流店《りゅうてん》という、中央に小川が流れている東屋のような建物だった。中に入って座ると、美しい石が並べられた川を挟んで、向かい合った板の間があり、奥の庭園を眺めることができるのだった。

「こんなところで結婚式ができたらよかったのに。ごく内輪の、数人だけで」

と沙和子は寛ちゃんに言った。すると寛ちゃんはけらけら笑いながらこう言ったのだった。

「ちょうどいいじゃないか、午後から合流するやつと、もう一度結婚すれば」

何言ってるの、と沙和子は笑った。たとえばの話だってば。だってもう、とっくの昔に別れたんだから。

「復縁すればいいのに。案外あるんだよ、同じひとと二回結婚するって」

「そんな簡単なものじゃないでしょ、大人が話し合って決めたことなんだから」

バンドの再結成じゃあるまいしと思う。

寛ちゃんと二人きりでよかった。もしここに高之がいたら、軽率に「いいねえそれも」などと言うのではないだろうか。


一回り歩いてきたと言って戻ってきた高之は、

「やっぱり岡山まで戻ろう」

と言うのだった。そんなことしなくても、高速バスがたくさんあると沙和子は言った。しかし高之は言った。

「そんなことはわかってる。その上で敢えての岡山だよ」

そんなこと、と言われて沙和子はせっかくリセットしたつもりの気分がまた曇っていくのを感じた。

「新幹線が立ち往生ってことは、高速だって止まってもおかしくない。道路も影響受けてるだろ、だいたい中国道ってとこはゲリラ雪が降るとこだぜ」

岡山から伯備線の特急に乗るのが「一番堅い」とかれは言うのだった。

「だって、今朝岡山から来たんだよ？　寛ちゃんに合わせる顔がないじゃない」

「別に合わせなくてもいいだろ」

岡山の寛ちゃんは松江に行くならそんなおかしな電車にわざわざ乗りに行かなくても、伯備線に乗ればいいじゃないかと言っていた。だからバツが悪いのだった。

「じゃあもし、伯備線が止まったら?」

「俺たちが乗ろうとしてた芸備線や木次線に比べたら伯備線なんて超メジャー路線だぜ」

「だって岡山の奥の方って、西日本豪雨のとき一番大変だった場所でしょ」

「そうだけど、今雨が降ってるのはずっと西側で、違う場所なんだ。広島より山口寄りなんだよ」

岡山に戻る新幹線のなかで沙和子は不機嫌を隠せなかった。お腹がすいているせいもあると思った。広島であなごめしを買えばよかった。けれども気が立っていてそうもいかなかった。

予定変更で機嫌を損ねるのはいつも自分の方だ。高之は強く言い切るようなことはあっても、そのあとは飄々としている。切り替えのつかない自分が嫌で、沙和子は旅を楽しめない自分がますます嫌になるのだった。

あのときもそうだった。今日はまだ、天気のことだから仕方ないけどあのときは、高之が勝手に予定を変えたから。

「思い出すね。前に岡山来たときのこと」

高之が言った。同じことを考えていたらしい。

「俺、カブトガニ博物館に行くって言って、怒られたんだよなあ」

「違うよ」

沙和子は言った。

「私のことまるいって、言ったから」

「まるいから好きだって、言ったんだ」

「よく覚えてるね」

「お互いに」

そうだ、岡山に行ったらあのときのおむすび屋でおむすびを買えばいい、と沙和子は思った。

「晴れの国はやっぱり晴れてるな」

と高之が言った。

2

岡山から伯備線の特急やくもに乗り換えると、沙和子ご推奨の「山田村」のおむすび、そして隣の「しんぱち」という焼き鳥屋で買ったつくねや焼き鳥を目の前に並べた。

空腹だったのですぐに平らげてしまったが、後になってそれが正解だったとわかった。特急やくもは高之いわく「超メジャー路線の堅い電車」とはいえ、昔のL特急を彷彿《ほうふつ》とさせる古い型の車両と、カーブの多い線路でよく揺れたのである。

やくもが岡山を出たのは13時04分で、おろち号が備後落合を発車して僅か七分後だった。

「俺たちのおろち、今どこかな」

高之は時刻表を見比べながら言った。

「でも、どうせ雨だよ」

沙和子が言った。

「雨のトロッコなんて」

沙和子の言う通りだ、と高之は思った。雨の日のトロッコ列車というのは、雨の日の噴水のように無意味な気がする。有名な延命水の水汲みも楽しみにしていたが、激しい雨のなかでは湧き水もありがたくはないだろう。

もちろん、雨天の日のためにおろち号は通常の屋根のある控えの車両を連結している。つまり、一枚の切符でトロッコと通常車両と二つの席を予約していることになる。だが、雨では眺めもいまひとつで、楽しみも半分かもしれない。

トロッコ列車の俺たちの席は、揺れながらさびしく濡れていることだろう。

もちろん今食べているものだって旨いのだが、笹ずしは、カスタードプリンは、延命の里の焼き鳥は、亀嵩《かめだけ》の手打ちそばは、てなづちの里のクリーム大福は、焼さば押し寿しは、トロッコそば弁当は、そして奥出雲和牛焼肉弁当は、といちいち気になるのである。あまりにも高之が未練がましく並べ立てるので、とうとう、

「いい加減にしなよ」

と沙和子に怒られた。

高梁《たかはし》川は水量が多い。山の方でこれほどの川というのは珍しく感じられるくらいだ。もちろん、あの水害のあと、治水対策は強化されているのだが、それでも胸から下がなんだか苦しくなるほどの大きな川である。

川岸には、石灰工場があった。高之は秩父や奥多摩の風景を思い出した。列車は小さな鉄橋を越えて蛇行する川の右岸へ左岸へと位置を変えながら走った。単線区間は駅ごとにすれ違いがあった。

「特急やくも様を待たせるつもりか」

と、高之は言った。

やがて、芸備線と伯備線の分岐点である新見の駅に着いた。おろちがここまで来ていれば、と高之はまだ考えている。八岐大蛇《やまたのおろち》のように分岐して広島と岡山までカバーしてくれてもいい。そんな勝手なことを思っていると、パンフレットを見ていた沙和子から、

「高さん、根本的に間違ってたよ」

と言われた。

「なにがだよ」

「私たちお弁当、予約してなかったんだもの。それにさ、こっちから島根行きだと頼めないやつも多いよ」

「うわあ」

もしも雨が降っていなくて、もしも順調に乗れたとしても予約がなければ何も食べられなかったということか。そのときの沙和子の怒りを想像すると肝が冷えるようだ。

「沙和子さん、ごめん」

「いいよ、どうせ乗れなかったんだもの」

「この埋め合わせは必ずする」

高之は言った。

岡山県から鳥取県に入ったなと実感したのは、川の流れでもトンネルでもなく、車窓から見える民家の屋根瓦の色が変わったことだった。鳥取、島根、そして山口あたりまではオレンジ色の石州瓦《せきしゅうがわら》が景観の特徴となっている。

山を下りていくと、水田が増えてきた。遠くまで見通しがきくようになってきた。大山の姿も見える。富士山のような見事な形をしている。

「白バラ牛乳っていうのが」

と高之は言い出したが、

「ごめん私、ほんと気分悪いから無理」

と言われた。たしかに、近頃の電車にはあまりないような振動だ。

これからどうしよう、と高之は思った。この旅行の間になんとか埋め合わせをしたい。埋め合わせというか、なにか沙和子が喜ぶことをしてあげたいのだった。そうしないではいられないと思うのだった。そのために旅行に来たのだと思った。

今になってやっとわかった。青梅の住職はほんとうに出来たひとだった。美しかったし料理も上手だった。でも、俺には何もしてあげられることなんてなかったのだ。俺は自分が楽しむことよりも、役に立ちたいと思っていた。俺はそういう男なのだ。

3

松江に着いたのは、夕方だった。

「年取ると時間が早くなるなんて言うけどさ。なんか夕方は長くなったような気がするんだよな」

高之は言った。

「家族がいないからでしょ。子供とか」

「俺が暇なんだろうけれど、なんか我に返る時間って大抵夕方で、まだ全然明るかったりするんだよ」

「夜はどうしてるの？」

「ああ、寝るのはすごく早いからね。なにもなければ九時とか」

沙和子は昨夜の、寛ちゃんの家でのバーベキューを思い出した。寛ちゃんのところでは、娘たちもすっかり成長し、大人と話すことに慣れている様子だった。食べ終わってからはさっと席を立ち、片付けを手伝うと姉は塾へ、妹はジムへ出かけてしまった。寛ちゃんの奥さんが娘たちを車で送って行った。

寛ちゃんの家の夕方はとても忙しい。

でも、高之の夕方は暇なのだ。

それを寂しいことのように感じた。私たち自身が、暇な夕方みたいな年齢なのだろうかとも思った。

松江市は、日本海と中海《なかうみ》、宍道湖《しんじこ》に囲まれている。中海と宍道湖は半分だけ囲んでいるので、市域はカタカナの「エ」の右下を削ったような、なかなか複雑な形をしている。もう少しデフォルメすれば両手を伸ばして飛んでいる人のように見えるかもしれない。中海と宍道湖を繋ぐ大橋川は人間に喩えれば帯のような位置にある。松江の駅は帯よりも下、県庁や松江城は帯の上となる。

市街地と大橋川を結ぶ四本の橋はいずれも立派なものであった。川沿いに生えている樹には見慣れない赤い実がなっていた。

「山桃だね」

と高之は言って、手に届く枝からつまんで食べた。

「うん、けっこういける」

「もったいないね。鳥も食べきれないのかな」

あたりはとても静かだった。静かで、広々としていて豊かだった。

日が暮れても、すっきりと空気のいい夜だった。

京都みたいに人が多くないし、金沢よりは広々している。でも品のいい町だと沙和子は思った。だが高之はこう言うのだった。

「品のいい町なんてないんだと思う。品のいいひとも悪いひとも、どこにだっているさ。混ぜるか混ぜないかってだけで」

「混ぜる？」

「エリアで棲み分けてるかどうかってこと」

こざっぱりした店で、知らない地酒と刺身を頼んだ。アジもメダイも、最近口にしたことがないほどの美味しさだった。

「うざく、あるのかな」

高之が言った。

「え、高さん鰻食べるの？」

「宍道湖でも獲れるはずだからさ。地産地消だったらいいんじゃないの？」

「だって絶滅の心配があるって」

「獲れなくなるかもしれないから、今のうちに食べておくんだ」

考え方が違うのだと思った。沙和子は不満を感じたが、二人で食に対する方針を合わせる意味がないことを思って、少しほっとした。

橋のそばにある、古い洋館を改造したバーでは静かな曲が流れていた。

「寛ちゃんに、縒《よ》り戻せって言われた」

高之が言った。

「なんて言ったの?」

「たしかにケンカして別れたわけじゃないからね。でも俺、今困ってるっていうほどじゃないし」

このひとのこういうところが嫌だったのだ、と沙和子は思い出す。無神経というかなんというか、他人から見れば鷹揚な感じかもしれないが——そう思ってから、自分も他人なのだと思い出す。

「私も言われたけど、でも高さん、そんなふうに言う?」

「ごめん。どうしても怒らせちゃうんだな。沙和子さんみたいに繊細じゃないんだよ」

でもね高さん、こんなに怒れるひとはほかにいないよ、と沙和子は思うのだ。それに、たとえばお腹を壊したり、生理だったり、そういうことも含めてつき合える男のひとというのは、滅多に現れないんだよ。と沙和子は思う。

かつては結婚することも一緒に暮らすことも、ずっとおおらかだったのだろう。喩えが変だけれどもし結婚が就職活動だとしたら、昔は紹介だけで内定が出た。履歴書もごく簡単なものでかまわなかった。今はエントリーシートを書くのが大変だ。それに筆記試験も小論文も適性検査も求められる。

そうやって見つけた最適解は、本当に最適なのだろうか。

家という制度がなくなり、子供もいなければ、一緒に住んだり、ほかのひとを愛しませんと誓うことの意味も変わる。

「明日の予定ってどうする?」

それでも旅ならできる、と沙和子は思うのだった。

「せっかくだから奥出雲に行こうよ」

「出雲大社は」

「それは明後日、沙和子さんだけ行っておいで」

「私だけ?」

別れた相手と一緒に縁結びの神社に行くのが嫌なのだろうか。いや、高之はそんな面倒なことは考えない。

「どのみち俺、明日の晩から境港に入らなきゃいけないんだ」

それは初耳だった。

「え、じゃあ連泊するのって私だけなの」

「そういうことになるな」

なんだか置いて行かれるようだが、出雲大社なら一人でも行けるだろうと思った。

沙和子は、三日目の夕方に出雲空港から羽田に戻ることにしていたのだった。松江から一畑電車で出雲大社に行き、稲佐《いなさ》の浜から日御碕《ひのみさき》神社の方までタクシーで回る計画が浮かんだ。

翌朝高之が借りてきたレンタカーで、二人は出かけた。広々と明るい対岸の街が見える宍道湖の景色を楽しんでから、雲南を経て奥出雲に向かう。たちまち平野は狭まり、変化に富んだ地形があらわれた。低い山やカーブした川の向こう、茶畑の陰、どこにでも神様が佇んでいるような気がした。

出雲横田の駅前では三段の器に入った出雲蕎麦をさっぱりと食べ、案内所で棚田の場所を聞いた。入り組んだ道から丘のふもとへと走り、最後の方はもう無理なんじゃないのかと言いたくなるような狭い道を進む。とうとう行き止まりになった。高之はそこに車を停めた。

福頼《ふくより》棚田展望台の登り口は、歩き慣れない沙和子にとっては少々きつい勾配だった。しかもぬかるんでいて、下手なところで脚を踏ん張ったりしたら滑りそうだった。息を整えながら登って漸く展望台に着いた。地域のひとたちが作った手作りのウッドデッキだった。

展望台は小さな丘の頂上から張り出していて、まるで空飛ぶ家の窓から身を乗り出しているような光景なのだった。

田植えが終わったばかりの田んぼが輝いていた。

一枚一枚の田んぼが土地に合わせて作られていて、形状も面積も違う。揃ってはいないが、隅々までひとの手が入り、調《ととの》えられている。目に入るものすべてが光を発しているようだった。

ひとつとして、同じものがない。けれども手入れが行き届いて清潔に保たれている。多分神様が見たら一番嬉しい景色なんだろうと沙和子は思う。それが完璧ということなのかと思った。

「土地って、神様の手なんだな」

と高之が言った。

出雲三成《みなり》の駅で車を停め、

「ちょっと見て行こうよ」

と高之が言った。

「何があるの？」

「産直とか……」

最初にその、白と青に塗られた車体を見たとき、沙和子にはなんのことだかわからなかった。乗客はホームから出て産直の売り場を歩いたり、休息を取ったり、まるでサービスエリアで休憩を取っているバス旅行の客のように過ごしていた。

「これ、おろちなの?」

「そうだよ」

沙和子には列車がまるで、意思を持って彼女を迎えに来たように見えて仕方がなかった。

「沙和子さん、行っておいで」

高之が切符を差し出した。

「いつの間に買ったの?」

「実はこっそり時間を計算してたんだ。この時間なら途中から乗せてあげられるなって。出雲三成から木次まで、ちょっとの区間だけどね」

驚いて「いいの?」と聞くと、

「いいよ。それで俺はここからもう、鳥取に行くから」

「え、じゃあここで終わりなの?」

「うん。ここで」

高之は沙和子の荷物を車から降ろして、ホームまで運んでくれた。

「楽しかった」

「また、どっか行きましょう」

沙和子が「ありがとう!」と言うと、高之は軽く手を挙げて、車に戻っていった。

あまりにもあっけない二人の旅の終わりだった。そんなものかと思うけれど、それにしても、あっさりとしていた。

しかし、おろちが彼女を待っているのだった。制服を着た車掌が笑顔で彼女を迎えた。豪華客船に、途中の港から乗る乗客になった気がした。

乗客は老夫婦と、鉄道ファンらしい若い男、そしてカップルが二組だった。

列車がゆっくりと走り出す。外ではぬるかった風が心地良く肌に当たった。

線路沿いの駐車場からは消防団の集まりか、それとも祭の打ち合わせの帰りなのか、集まった若者たちが手を振っていた。沙和子は、ここにトロッコを走らせようと考え、実現したひとびとの情熱と体力を思った。

畑から帰る途中の、作業着の女性も足を止め、列車に向かって手を振るのだった。

最初は照れくさくて、体の前で小さく手だけを動かしていた沙和子だったが、あたたかいものが胸に流れ込んでくるような気がして、腕は自然と高い位置にあがり、気がついたら大きく振り回すように手を振って応えていた。ほかの乗客も同じだった。誰もまわりを意識したり恥ずかしがったりしていなかった。

中型の雑種犬を散歩させている男性も、線路の方を向いて、大きな手を広げて振っているのだった。

子供を乗せた車は列車との待ち合わせに急ぐように走っている。そして、その後ろにぴったりとついて走っていたのは、高之が運転するレンタカーだった。

沙和子は夢中で手を振った。

高之には自分の姿が見えているのだろうか、軽く顎をしゃくって挨拶したような気がする。トロッコがカーブでスピードを落とすと、猛烈な勢いで車がトンネルに入っていくのが見えた。

トンネルを抜ければまた、線路と県道は近づいていく。広い路肩に停めた車の横に立って、トロッコを待ち受けていたひとは、高之だった。

かれは満面の笑みを浮かべて、バンザイをするように両腕をつきあげていた。かれがこんなふうに大きな動作をするのを見るのは初めてだったし、もちろん自分もこんなに大きく手を振り返したことはなかった。

二人の間で空気を揺さぶっているような気がした。

自分でもよくわからないうちに、涙があふれてきた。風に吹かれるトロッコの車窓だからこそ、まわりが気にならなかった。

そして痛烈に、ああ生きてる！　と思う。

一切のものは終わる。続かない。でも生きている。

過去から未来へと、一秒の空白もなく時間が繋がっているから、人生も続いているなんて思っていた。だがそれは大間違いだった。沙和子は気づいた。努力が報われるなんてことはなかった。因果応報なんてこともなかった。そして、やり直しだって利かないのだった。失敗のフォローも、裏切りの修復もできなかった。何かの途中なんてこともないのだった。一日一日が、一度きりの完結するエピソードなのだった。「もしも」なんてどこにもないのだった。しかしいずれ、膨大なばらばらのエピソード、そしてすべての記憶は、根源へと向かっていくのだった。

なにもかもが愛しい。そう思うことは一瞬でも、重みは永遠に等しいのだった。同じ場所にいることは、かけがえのないことなのだった。失われていく時間は美しいが、いくら惜しんだところで終わりなんてものもどこにもないのだ。

沙和子はあらゆるものに向き合って手を振りたかった。そして、生きてるんだよ！　と叫びたくなった。

もう高之の姿は見えない、けれどもかれは間違いなく自分の方を向いて笑っているはずだ。二人が、故意に背を向け合うことはもう二度とないだろう。ずっと前から知っていたような気がするその思いを、沙和子は抱きしめていた。

参考文献

『瀬戸内のカブトガニ』土屋圭示著　学習研究社
『カブトガニの不思議――「生きている化石」は警告する』関口晃一著　岩波新書
『原敬――外交と政治の理想〈上〉〈下〉』伊藤之雄著　講談社選書メチエ
『でたらめ　復刻版』原敬著　盛岡市原敬記念館

解説　物語というまるごとの祈り　大塚真祐子

両毛線新前橋駅からタクシーをつかい、敷島公園に隣接するフリッツ・アートセンターへ向かった。公園の手前で車は橋をわたり、利根川河岸を走る。車窓から見る川の明るさに目をみはった。丸みを帯びた石のひしめく広い川原と、間をゆるやかに流れる水が、冬の日光を思い思いのリズムでなめらかに弾いていた。これが「ユーフラテス利根」か、と思う。河岸を逸れるとほどなくして、ドーム型の赤い枠組が特徴的な建物が現れた。

店内には絵本やアートブックを中心に、さまざまな分野の書籍が賑やかに並び、中ほどの一角に本棚に囲まれた「絲山房」がある。本棚の内側には机と椅子が置かれ、小さな書斎のような作りになっている。『夢も見ずに眠った。』の単行本が刊行されてまもないころで、その日は著者が在廊していると予定を確認したうえで訪れていた。すでに読了した『夢も見ずに眠った。』が手もとにあったが、せっかくなのでその場でもう一冊購入し、署名をもらうことにした。棚ごしに声をかけると、すぐに気づいてくださった。

署名をいただきながら、なぜ鬱になったのが高之だったのか、有能だが精神的に不安定なところのある沙和子に、よりその要素があるように見えた、と何気なく話したとき、感情のはざまで時が止まったような、曖昧な表情を絲山さんが見せたことを覚えている。以来、自分の本棚には二〇一九年一月の日付が入った署名本と、たくさんの付箋がついた署名のない『夢も見ずに眠った。』が並んでいたが、このたび署名本を読みかえし、新たに付箋をつけながら、あの日の自分の発言を思い出した。あの発言は大きな誤りだったのではと思うほど、作品の見え方が変化していた。

〈直感で蒲田に住むことにした〉の書き出しが鮮烈な『イッツ・オンリー・トーク』でのデビュー以来、絲山秋子は物語に「土地」の姿を書きついできた。移住した群馬をはじめとする地方都市の日常や、そこに暮らす人びとの屈託を誠実に描いてきたが、今作に登場する土地は群を抜いて多い。

二〇二一年一月から三月まで、群馬県立土屋文明記念文学館にて開催された「絲山秋子展」の図録に収録されたインタビューには、小説家の役割は「インフラを整備すること」なのではないかとする発言がある。

〈例えば、いくら景色のいいところに住みたくても、やはりちゃんと電気を通して、水道を引いて、交通がなければ生活できない。そういうところを整えるのが小説家で、けれども、そこに住む人たちがどういう暮らしをするのかというのは、土地を開発した人が決めることではありません。〉

著者にとって「土地」とは、登場人物たちのあらゆる生のありようを受けとめるために整えるもので、それを書くことが主眼となるわけではない。ではなぜ今作でこれだけ多くの「土地」が書かれたのかを考えたとき、今作とほぼ同時期に連載、書籍化されたエッセイ集『絲的ココロエ　「気の持ちよう」では治せない』（日本評論社）の存在を、念頭におくべきなのかもしれないと気づいた。

著者がかつて双極性障害（I型）を患い、そのときの入院が小説を書くきっかけとなったことは、これまでもたびたび語られている。『絲的ココロエ』は発症から二十年が経ち、服薬ゼロの現在に至るまで、病とどう向きあい、つきあってきたかを綴る一冊だ。
〈躁うつ病を設定に使った小説は『イッツ・オンリー・トーク』（文藝春秋、二〇〇四年）と『逃亡くそたわけ』（中央公論新社、二〇〇五年、のち講談社文庫）の二作品がある。もちろん具合のいいときに書いた。それでも自分の躁状態を思い出しながら書くことは、かなりの負担となったし、脱稿の頃には精神的にも荒れていたと思う。そして、病気のことは断片しか書けていないという思いも強く残したままである。〉

発症から二十年とは、小説を書きはじめて二十年ということでもある。この大きな節目に書かれた今作とエッセイの二冊は、著者のこれまでを遡行《そこう》する集大成のような存在として、互いに支えあい、補完しあうものなのかもしれない。高之の鬱の発症や沙和子の感情の波を描くことは、記憶と向きあう行為でもあったはずだし、高之と沙和子の大学時代である一九九八年から、執筆時より少し先の二〇二二年までという今作の大きな時間軸や、

「時代」や「国」などを主語にした俯瞰的な叙述、彼らがたくさんの土地を訪れていることには、高之と沙和子それぞれの生を余すところなく引き受け、それをきちんと解き放つのだという意志を感じる。それはこれからも書きつづけるという覚悟でもあるだろう。

これらの点から今作は、これまでの絲山作品とはいくばくか手触りを異にしている。誤解をおそれずに言うならば、著者は今作を少しだけ、自らのために書いたように感じるのだ。高之が自分の内側で、ある一つの目を見開いたように。他人の評価基準で生きてきた沙和子がある風景のなかで、生きていることの重みを発見したように。

高之と沙和子の気づきはそれぞれ別個のものだが、季節や生物のはるかな巡りのなかで、それらが不可分につながっていることを、書き手である著者と、物語を受けとめる読者は知っている。彼らがこれからどう生きるかはわからないが、題名の〈夢も見ずに眠った〉という一文が、これに近い形である章にあらわれたとき、もしかするとこのタイトルは祈りなのかもしれないと思った。この物語をこれからも生きるだろう高之と沙和子の、過去から未来への。この物語を通過して新しい現実と向かいあう、読者と著者自身への。

世界中に広がった感染症の蔓延はいまだ収束の兆しを見せないが、パンデミック以前に書かれた今作には、ウイルスにより激変した世界は描かれていない。東京オリンピックは予定どおり二〇二〇年に開催され、二〇二二年の旅で列車の運行状況を確認するような手続きもない。一九九八年から見渡すことのできる二〇二二年の姿が書かれ、それがこの物語のなかにのみ存在することを、得がたいものと感じる。

〈一日一日が、一度きりの完結するエピソードなのだった。「もしも」なんてどこにもないのだった。しかしいずれ、膨大なばらばらのエピソード、そしてすべての記憶は、根源へと向かっていくのだった。〉

読みながら、いつしか宇宙から物語の土地を見下ろしているような感覚をもった。小説にこんなふうに圧倒されたのは、はじめてのことだった。多様な個人とそれぞれの欠落を、物語の力で丁寧に受けとめるこの小説がまるごと祈りであることを、そして絲山作品とは自分にとって、ずっとそのようなものであったことを痛切に会得した。

『イッツ・オンリー・トーク』が文學界新人賞を受賞した二〇〇三年、吉祥寺のサンマルクカフェの二階、陽のあたるカウンターでそれを読んだ。受賞作が掲載された『文學界』を購入したのには、他の目的があったにもかかわらず、巻頭に収録されたその作品の書き出しに視線をうばわれ、いつしか引きずりこまれるように読んでいた。

その年のはじめに勤務先の書店が倒産し、残務整理が落ち着いたころに婚約者と吉祥寺に住みはじめ、数か月後に別離を切り出された。仕事も住まいも恋愛も人生も、ゼロどころかマイナスに放り出された。絲山作品に出会ったのは、ちょうどプラスとマイナスの狭間のころだ。

『イッツ・オンリー・トーク』は祈りの場面で終わる。

〈「なんかさ、みんないなくなっちゃって」
　取り戻せるものなどなにもない。死者は答えない。〉

祈りという姿で研ぎすまされる橘優子の、生きることのどうしようもない孤独に、これまでいく度も手を伸ばしてきた。彼女がどうかいまもどこかで生きているように、たくさんの紆余曲折を経て、孤独の形をさまざまに変えながら、それでもどこかで穏やかに暮らしているようにとずっと祈っていた。それは自分への祈りでもあった。

二十年近く経って、あのときの祈りがいまこのようななりゆきを経て届いたのだと、今作を読みながら感知している自分がいた。目の前にない存在へ伸ばす手のために、祈りという手段が自分のなかにあることを、これからも絲山作品を読むたびに、何度でも新たに知るだろう。

（書店員）

本書は二〇一九年一月に小社より単行本として刊行されました。

初出　「文藝」二〇一六年春号～二〇一八年冬号

本文地図＝平井豊果

夢《ゆめ》も見《み》ずに眠《ねむ》った。

二〇二三年一一月一〇日　初版印刷
二〇二三年一一月二〇日　初版発行

著　者　絲山秋子《いとやまあきこ》
発行者　小野寺優
発行所　株式会社河出書房新社
〒一五一−〇〇五一
東京都渋谷区千駄ヶ谷二−三二−二
電話〇三−三四〇四−八六一一（編集）
〇三−三四〇四−一二〇一（営業）
https://www.kawade.co.jp/

ロゴ・表紙デザイン　粟津潔
本文フォーマット　佐々木暁
本文組版　KAWADE DTP WORKS
印刷・製本　中央精版印刷株式会社

Printed in Japan　ISBN978-4-309-41930-5

小松とうさちゃん

絲山秋子　41722-6

小松さん、なんかいいことあった？——恋に戸惑う52歳のさえない非常勤講師・小松と、ネトゲから抜け出せない敏腕サラリーマン・宇佐美。おっさん二人組の滑稽で切実な人生と友情を軽快に描く傑作。

忘れられたワルツ

絲山秋子　41587-1

預言者のおばさんが鉄塔に投げた音符で作られた暗く濁ったメロディは「国民保護サイレン」だった……ふつうがなくなってしまった震災後の世界で、不穏に揺らぎ輝く七つの“生”。傑作短篇集、待望の文庫化

薄情

絲山秋子　41623-6

他人への深入りを避けて日々を過ごしてきた宇田川に、後輩の女性蜂須賀や木工職人の鹿谷さんとの交流の先に訪れた、ある出来事……。土地が持つ優しさと厳しさに寄り添う傑作長篇。谷崎賞受賞作。

選んだ孤独はよい孤独

山内マリコ　41845-2

地元から出ないアラサー、女子が怖い高校生、仕事が出来ないあの先輩……“男らしさ”に馴染めない男たちの生きづらさに寄り添った、切なさとおかしみと共感に満ちた作品集。

泣きかたをわすれていた

落合恵子　41806-3

７年にわたる母親の介護、愛する人との別れ、そしてその先に広がる自由とは……各紙誌で話題&感動の声続々！　落合恵子氏21年ぶりとなる長篇小説が待望の文庫化。「文庫版あとがきにかえて」収録。

カンバセイション・ピース

保坂和志　41422-5

この家では、時間や記憶が、ざわめく——小説家の私が妻と三匹の猫と住みはじめた築五十年の世田谷の家。壮大な「命」交響の曲（シンフォニー）が奏でる、日本文学の傑作にして著者代表作。

ロスト・ストーリー

伊藤たかみ　40824-8

ある朝彼女は出て行った。自らの「失くした物語」をとり戻すために――。僕と兄と兄のかつての恋人ナオミの三人暮らしに変化が訪れた。過去と現実が交錯する、芥川賞作家による初長篇にして代表作。

暗い旅

倉橋由美子　40923-8

恋人であり婚約者である“かれ”の突然の謎の失踪。“あなた”は失われた愛を求めて、過去への暗い旅に出る――壮大なる恋愛叙事詩として文学史に残る、倉橋由美子の初長篇。

非色

有吉佐和子　41781-3

待望の名著復刊！　戦後黒人兵と結婚し、幼い子を連れNYに渡った笑子。人種差別と偏見にあいながらも、逞しく生き方を模索する。アメリカの人種問題と人権を描き切った渾身の感動傑作！

JR上野駅公園口

柳美里　41508-6

一九三三年、私は「天皇」と同じ日に生まれた――東京オリンピックの前年、出稼ぎのため上野駅に降り立った男の壮絶な生涯を通じ描かれる、日本の光と闇……居場所を失くしたすべての人へ贈る物語。

JR品川駅高輪口

柳美里　41798-1

全米図書賞受賞のベストセラー『JR上野駅公園口』と同じ「山手線シリーズ」として書かれた河出文庫『まちあわせ』を新装版で刊行。居場所のない少女の魂に寄り添う傑作。

JR高田馬場駅戸山口

柳美里　41802-5

全米図書賞受賞のベストセラー『JR上野駅公園口』と同じ「山手線シリーズ」として書かれた河出文庫『グッドバイ・ママ』を新装版で刊行。居場所のない「一人の女」に寄り添う傑作。

さざなみのよる

木皿泉　41783-7

小国ナスミ、享年43。息をひきとった瞬間から、彼女の言葉と存在は湖の波紋のように家族や友人、知人へと広がっていく。命のまばゆいきらめきを描く感動と祝福の物語。2019年本屋大賞ノミネート作。

くらげが眠るまで

木皿泉　41718-9

年上なのに頼りないバツイチ夫・ノブ君と、しっかり者の若オクサン・杏子の、楽しく可笑しい、ちょっとドタバタな結婚生活。幸せな笑いに満ちた、木皿泉の知られざる初期傑作コメディドラマのシナリオ集。

昨夜のカレー、明日のパン

木皿泉　41426-3

若くして死んだ一樹の嫁と義父は、共に暮らしながらゆるゆるその死を受け入れていく。本屋大賞第２位、ドラマ化された人気夫婦脚本家の言葉が詰まった話題の感動作。書き下ろし短編収録！解説＝重松清。

すいか　1

木皿泉　41237-5

東京・三軒茶屋の下宿、ハピネス三茶で一緒に暮らす血の繋がりのない女性４人の日常と、３億円を横領し逃走中の主人公の同僚の非日常。等身大の言葉が胸をうつ向田邦子賞受賞、伝説のドラマ、遂に文庫化！

すいか　2

木皿泉　41238-2

独身、実家暮らしＯＬ・基子、双子の姉を亡くしたエロ漫画家の絆、恐れられ慕われる教授の夏子、幼い頃母が出て行ったゆか。４人で暮らしたかけがえのないひと夏。10年後を描いたオマケ付。解説松田青子

最高の離婚　1

坂元裕二　41300-6

「つらい。とにかくつらいです。結婚って、人が自ら作った最もつらい病気だと思いますね」数々の賞に輝き今最も注目を集める脚本家・坂元裕二が紡ぐ人気ドラマのシナリオ、待望の書籍化でいきなり文庫！

最高の離婚　2

坂元裕二　41301-3

「離婚の原因第一位が何かわかりますか？　結婚です。結婚するから離婚するんです」日本民間放送連盟賞、ギャラクシー賞受賞のドラマが、脚本家・坂元裕二の紡いだ言葉で甦る——ファン待望の活字化！

窓の灯

青山七恵　40866-8

喫茶店で働く私の日課は、向かいの部屋の窓の中を覗くこと。そんな私はやがて夜の街を徘徊するようになり……。『ひとり日和』で芥川賞を受賞した著者のデビュー作／第四十二回文藝賞受賞作。書き下ろし短篇収録！

ひとり日和

青山七恵　41006-7

二十歳の知寿が居候することになったのは、七十一歳の吟子さんの家。奇妙な同居生活の中、知寿はキオスクで働き、恋をし、吟子さんの恋にあてられ、成長していく。選考委員絶賛の第百三十六回芥川賞受賞作！

やさしいため息

青山七恵　41078-4

四年ぶりに再会した弟が綴るのは、嘘と事実が入り交じった私の観察日記。ベストセラー『ひとり日和』で芥川賞を受賞した著者が描く、ＯＬのやさしい孤独。磯崎憲一郎氏との特別対談収録。

また会う日まで

柴崎友香　41041-8

好きなのになぜか会えない人がいる……ＯＬ有麻は二十五歳。あの修学旅行の夜、鳴海くんとの間に流れた特別な感情を、会って確かめたいと突然思いたつ。有麻のせつない一週間の休暇を描く話題作！

フルタイムライフ

柴崎友香　40935-1

新人ＯＬ喜多川春子。なれない仕事に奮闘中の毎日。季節は移り、やがて周囲も変化し始める。昼休みに時々会う正吉が気になり出した春子の心にも、小さな変化が訪れて……新入社員の十ヶ月を描く傑作長篇。

きょうのできごと　増補新版

柴崎友香　41624-3

京都で開かれた引っ越し飲み会。そこに集まり、出会いすれ違う、男女のせつない一夜。芥川賞作家の名作・増補新版。行定勲監督で映画化された本篇に、映画から生まれた番外篇を加えた魅惑の一冊！

寝ても覚めても　増補新版

柴崎友香　41618-2

消えた恋人に生き写しの男に出会い恋に落ちた朝子だが……運命の恋を描く野間文芸新人賞受賞作。芥川賞作家の代表長篇が濱口竜介監督・東出昌大主演で映画化。マンガとコラボした書き下ろし番外篇を増補。

水曜の朝、午前三時

蓮見圭一　41574-1

「有り得たかもしれないもう一つの人生、そのことを考えない日はなかった……」叶わなかった恋を描く、究極の大人のラブストーリー。恋の痛みと人生の重み。涙を誘った大ベストセラー待望の復刊。

あられもない祈り

島本理生　41228-3

〈あなた〉と〈私〉……名前すら必要としない二人の、密室のような恋——幼い頃から自分を大事にできなかった主人公が、恋を通して知った生きるための欲望。西加奈子さん絶賛他話題騒然、至上の恋愛小説。

白い薔薇の淵まで

中山可穂　41844-5

雨の降る深夜の書店で、平凡なOLは新人女性作家と出会い、恋に落ちた。甘美で破滅的な恋と性愛の深淵を美しい文体で綴った究極の恋愛小説。第十四回山本周五郎賞受賞作。河出文庫版あとがきも特別収録。

泣かない女はいない

長嶋有　40865-1

ごめんねといってはいけないと思った。「ごめんね」でも、いってしまった。——恋人・四郎と暮らす睦美に訪れた不意の心変わりとは？　恋をめぐる心のふしぎを描く話題作、待望の文庫化。「センスなし」併録。

夢を与える

綿矢りさ　41178-1

その時、私の人生が崩れていく爆音が聞こえた——チャイルドモデルだった美しい少女・夕子。彼女は、母の念願通り大手事務所に入り、ついにブレイクするのだが。夕子の栄光と失墜の果てを描く初の長編。

インストール

綿矢りさ　40758-6

女子高生と小学生が風俗チャットでひともうけ。押入れのコンピューターから覗いたオトナの世界とは?!　史上最年少芥川賞受賞作家のデビュー作、第三十八回文藝賞受賞作。書き下ろし短篇「You can keep it.」併録。

蹴りたい背中

綿矢りさ　40841-5

ハツとにな川はクラスの余り者同士。ある日ハツは、オリチャンというモデルのファンである彼の部屋に招待されるが……文学史上の事件となった百二十七万部のベストセラー、史上最年少十九歳での芥川賞受賞作。

カツラ美容室別室

山崎ナオコーラ　41044-9

こんな感じは、恋の始まりに似ている。しかし、きっと、実際は違う——カツラをかぶった店長・桂孝蔵の美容院で出会った、淳之介とエリの恋と友情、そして様々な人々の交流を描く、各紙誌絶賛の話題作。

ニキの屈辱

山崎ナオコーラ　41296-2

憧れの人気写真家ニキのアシスタントになったオレ。だが一歳下の傲慢な彼女に、公私ともに振り回されて……格差恋愛に揺れる二人を描く、『人のセックスを笑うな』以来の恋愛小説。西加奈子さん推薦！

鞠子はすてきな役立たず

山崎ナオコーラ　41835-3

働かないものも、どんどん食べろ——「金を稼いでこそ、一人前」に縛られない自由な主婦・鞠子と銀行員・小太郎の生活の行方は⁉　金の時代の終わりを告げる傑作小説。『趣味で腹いっぱい』改題。